大家小书

中国文学史导论

罗庸 著 杜志勇 辑校

北京出版集团公司
北京出版社

图书在版编目（CIP）数据

中国文学史导论 / 罗庸著；杜志勇辑校 . — 北京：
北京出版社，2016.7
（大家小书）
ISBN 978-7-200-11971-8

Ⅰ . ①中… Ⅱ . ①罗… ②杜… Ⅲ . ①中国文学—文
学史研究 Ⅳ . ①I209

中国版本图书馆CIP数据核字（2016）第064816号

总策划：安 东 高立志 责任编辑：王 鑫 陶宇辰

· 大家小书 ·

中国文学史导论
ZHONGGUO WENXUE SHI DAOLUN
罗庸 著 杜志勇 辑校
*
北 京 出 版 集 团 公 司
北 京 出 版 社 出版
（北京北三环中路6号 邮政编码：100120）
网 址：www.bph.com.cn
北京出版集团公司总发行
新 华 书 店 经 销
北京华联印刷有限公司印刷
*
880毫米×1230毫米 32开本 7.25印张 115千字
2016年7月第1版 2023年2月第4次印刷
ISBN 978-7-200-11971-8
定价：36.00元
质量监督电话：010-58572393

序　言

袁行霈

　　"大家小书"，是一个很俏皮的名称。此所谓"大家"，包括两方面的含义：一、书的作者是大家；二、书是写给大家看的，是大家的读物。所谓"小书"者，只是就其篇幅而言，篇幅显得小一些罢了。若论学术性则不但不轻，有些倒是相当重。其实，篇幅大小也是相对的，一部书十万字，在今天的印刷条件下，似乎算小书，若在老子、孔子的时代，又何尝就小呢？

　　编辑这套丛书，有一个用意就是节省读者的时间，让读者在较短的时间内获得较多的知识。在信息爆炸的时代，人们要学的东西太多了。补习，遂成为经常的需要。如果不善于补习，东抓一把，西抓一把，今天补这，明天补那，效果未必很好。如果把读书当成吃补药，还会失去读书时应有的那份从容和快乐。这套丛书每本的篇幅都小，读者即使细细地阅读慢慢地体味，也花不了多少时间，可以充分享受读书的乐趣。如果把它们当成补药来吃也行，剂量小，吃起来方便，消化起来也容易。

我们还有一个用意，就是想做一点文化积累的工作。把那些经过时间考验的、读者认同的著作，搜集到一起印刷出版，使之不至于泯没。有些书曾经畅销一时，但现在已经不容易得到；有些书当时或许没有引起很多人注意，但时间证明它们价值不菲。这两类书都需要挖掘出来，让它们重现光芒。科技类的图书偏重实用，一过时就不会有太多读者了，除了研究科技史的人还要用到之外。人文科学则不然，有许多书是常读常新的。然而，这套丛书也不都是旧书的重版，我们也想请一些著名的学者新写一些学术性和普及性兼备的小书，以满足读者日益增长的需求。

"大家小书"的开本不大，读者可以揣进衣兜里，随时随地掏出来读上几页。在路边等人的时候，在排队买戏票的时候，在车上、在公园里，都可以读。这样的读者多了，会为社会增添一些文化的色彩和学习的气氛，岂不是一件好事吗？

"大家小书"出版在即，出版社同志命我撰序说明原委。既然这套丛书标示书之小，序言当然也应以短小为宜。该说的都说了，就此搁笔吧。

　　　　　　　　　中国文学史导论

罗庸先生其人其书

杜志勇

一、罗庸其人

孟子曰："颂其诗，读其书，不知其人可乎？"

罗庸先生，本书作者，西南联大的著名教授，在互联网上信息凤毛麟角，因而是需要特别介绍的一代名流！

罗庸（1900年4月13日—1950年6月25日），原名罗松林，考入北京大学后改名罗庸，字膺中，号习坎，笔名耘人、佗陵、修梅等。原籍江苏江都，出生于北京大兴，是清初扬州八怪之一"两峰山人"罗聘的后裔。

1917年，先生考入北京大学文科中国文学门（1919年改称国文系），与郑天挺、张煦同学，并一起于1922年考入研究所国学门，研究生同学还包括冯沅君、容庚等。毕业后，供职历史博物馆、教育部（与鲁迅同事）等机构，曾与人创办华北大学，邀蔡元培任校长，后因主张不同未果。1927年，应日本东京帝国大学之邀，与马衡等人赴日讲学。1928年秋，应鲁迅之邀，任广州中山大学中文系教授兼系主任。1931年任浙江大学教授，次年秋，返回北平，任北京大学中文系教授，兼任北平大学、辅仁大学教授，并在故宫博物院兼职。1937年秋随校赴长沙，任长沙临时大学教授。次年春，学校迁昆明，更名西南联合大学。先生取道香港、越南入滇，于西南联大执教九年，期间又在云南大学、五华学院兼课，听者甚众。1939年秋，恢复北大文科研究所，先生任导师。1942年12月，先生的任职情况是"国立北京大学中国文学系教授兼国立西南联合大学中国文学系教授、中法大学文史系主任"①。1944年11月，罗常培赴美，先生担任西南联大中文系主任。1946年，先生填词《满江红》作为西南联大校歌，并书写纪念碑碑文。秋，西南联大解散，先生留滇，任昆明师范学院国文系主任。1949年5月，应梁漱溟之邀赴重庆勉仁文学院讲学。8月初至9月初，先生与梁漱溟、谢无量等在北碚缙云山上修习藏密功法。1950年6月，逝世于重庆北碚医院。

深受儒家思想熏染的罗庸先生，其坎坷经历与旧中国的苦

① 罗常培：《恬庵语文论著甲集》，（台湾）香港书店1973年版，第356页。

难史正相叠合，强烈的爱国意识贯穿了先生的一生。1935年12月，北平学生的爱国示威遭到当局镇压，先生在家中隐蔽了齐燕铭以及不少共产党人的家小；他还多方兼课，以资助进步青年的求学和革命活动。先生劳累过度，几至病危。1939年，先生应老舍等人之邀，在《新动向》《抗到底》等杂志发表抗战文艺理论、文学作品，并采用民间文艺形式创作《老妈辞活》等通俗读物，刻印成书，宣传抗战。

上述罗庸先生生平事迹，主要依据罗庸弟子张书桂等人所作《罗庸教授年谱》[①]及相关回忆文章整理而成，笔者在搜集文献过程中，发现民国时期出版的《一四七画报》载有署名公孙季的《罗膺中讲学盛况》一文，从行文来看，公孙季对罗庸先生的情况知之甚详，但部分内容与张书桂等人所作《年谱》存在出入，附录于此，以备读者诸君参看：

---

① 本文收入《中国当代社会科学家》（第六辑），书目文献出版社1984年版。

罗膺中讲学盛况

公孙季

北大二马三沈，是弟兄行也，另外有二罗，那不是弟兄而是同姓不宗的异姓骨肉。一位是前笔所记的罗莘田先生（常培），一位就是本文所记的罗膺中先生。罗先生是江苏江阴人，寄籍大兴已有数世，那也可以说就是北平人了。（北平人旧籍以鼓楼中分，东为大兴，西为宛平。）他原名——也可以说学名是罗松林，幼小即非常颖悟，民国元年他在"京师公立第十八初等小学校"（今为十二条老君堂小学）四年级读书，级任教员是赵月岩先生（广海），平常对他便很垂青，一天学务局的视学员佟旭初先生来校视学，当场出一作文题，题目大概是"业精于勤说"，令四年级学生答作，罗松林取了一个第一名，并且因此由学务局下令将级任教员赵广海升了第十四小学校长（今福绥境小学），将学生罗松林升入第二中学，免除高小三年的学程。他升入第二中学以后，便得校长赵冠英的期爱，除只念了二年中学，即跃升北京大学外，并将女儿许配学生罗松林身旁为妻，那就是罗先生原配赵氏夫人了。

罗先生考入北大以后，更名罗庸字膺中，选的是中国文学系，自然也是高材生了，民国七年便在北大毕了业，民国元年尚在初级小学，七年工夫大学即修业期满，考试成绩及格，准予毕业，可见天才若被资格所限，常会埋没人的一生。罗先生在北大时，对于文字学，古诗文辞，下过极苦功夫，一部《说文解字》五百四十部，九千三百余文，背得烂熟，由此深究古籀钟鼎甲骨的流变，成为专门学问。他的老宅子在汪家胡同慧照寺三十九号，座上常客，除他的学生齐燕铭（振勋）以外，只有同班同学四川张怡荪先生（煦），张先生喜吃北平的驴肉丸子熬白菜，每到冬天，罗先生便为张先生预备此馔，张先生也宾至如归，二公终究成了名学者、名教授，这便是几载寒窗，切磋之功了。

罗先生毕业后，又考入北大研究所国学门第一班研究员，同时在各大学中学教书，以后任教北大国文系，成为第一流教授，那时正是抗战前夕，系主任正是罗莘田先生，直到抗战军兴，退入内地。西南联大成立，莘田先生仍任系主任，膺中先生仍旧任教授，讲杜诗极受欢迎，听讲的挤不上座位，窗上和窗外树杈上，都满坐了学生，盛况可知，胜利之前的不久，莘田先生赴美讲学，由膺中先生代理国文系主任。胜利后，一度赴杭葬母，（父葬北平），仍回昆明，现在担任昆明师范学院中国文学系主任，昆明新华街头私宅，常见一位短小精悍的学者出入，那便是罗膺中先生了。

二、罗庸其书

罗庸先生讲课效果极好，除了《罗膺中讲学盛况》，吴晓铃、汪曾祺、赵瑞蕻、王均、杜道生等当年的学生在回忆中也多有记述；其学术成果亦多由其讲稿为基础。

先生治学，功夫深，涉及面广，对于佛典、易学、文艺、书画均造诣匪浅，仅仅文学方面，于《论语》《孟子》《楚辞》、汉魏六朝诗歌、杜诗等等皆有创获；太虚法师的《佛学概论》，先生即为编者，也是主要记录者，他还编订了太虚法师的演讲录《四十二章经讲录》，他的助教吴晓铃先生在《罗膺中师逝世三十五周年祭》中讲到："众所周知，先生的道德文章属于儒家正宗，其中还融有释老之学；如果生当唐世，近乎谓'三教论衡'。"但先生对于发表著作极为谨慎，所著多为手稿，即使在其发表的文章中，引用自己观点也时常出现"未刊"字样。1941年，先生寓所遭日机轰炸起火，所有文稿"惨遭回禄"①,损失殆尽。

1942年4月至8月,先生在其寓所为西南联大青年教师及研究生专题讲授中国文化,成《习坎庸言》。这部由16个专题组成的著作,自成系统。先生授意李觐高整理,自己修改后用小楷整齐抄录成"清稿"自存。"后来李先生辗转把它带到台湾②,而'清稿'则现存华中理工大学语言研究所。"③这部著作之所以迟迟没有出版,当与弟子们谨遵罗庸先生的告诫有关,"本讲习不为著书立说,讲友但可自行笔记以资参证,幸毋辄为刊布或轻易示人"。(《习坎庸言·规约》)1943年,在李松筠和王宾阳等人的帮助下,罗庸先生将十篇文章汇为《鸭池十讲》,由开明书店出版,1997年辽宁教育出版社将之收入"万有文库"再版。有当代学者认为这本小册子谈艺和做人兼顾,真是篇篇动人。2014年,北京出版社出版了郑临川教授记录整理的先生关于魏晋六朝唐宋文学史的讲义——《罗庸西南联大授课录》④。这些已经出版的著作,虽然已经在学

① 罗常培:《苍洱之间》,辽宁教育出版社1996年版,第60页。
② 李觐高的笔记由其子李安国整理成书,于1998年12月印行。
③ 周定一:《罗庸先生和他的两本书》,收入《我心中的西南联大:西南联大建校70周年纪念文集》,清华大学出版社2008年版。
④ 此讲义之前收录到《笳吹弦颂传薪录——闻一多、罗庸论古代文学》中,上海古籍出版社2002年版。

界引起了强烈反响，但仍然只是罗庸先生学术造诣的冰山一角，若要发扬先生学术，还有大量文章、讲义需要整理出版。据说，吴晓铃(1914—1995)、阴法鲁（1915—2002）等曾一起搜集过先生的著作，准备编《罗庸全集》，最后没有结果。

这一次我们把罗庸先生有关中国文学史的论述，进行搜集整理，成就《中国文学史导论》这本小册子纳入"大家小书"。本书共分四编。

第一编《中国文学史导论》，是先生为五华文理学院授课讲稿，分四次刊发在《五华》杂志上。

第二编《中国文学史上的几个新问题与新见地》，分两次发表在《云南教育通讯》上。这两编应该说是紧密联系的一个整体，作者以宗趣论、方法论、史料论综包全局，详细阐述了自己建构文学史的基本设想，从而提出了中国文学史的学科体系。对于这个问题的深入思考，罗庸先生无疑走到了时代的最前列，拿到今天来，仍旧具有指导意义。上世纪三十年代，北京大学率先开始了文学史分段讲授，傅斯年讲授第一段（《诗经》《尚书》到西汉），罗庸讲授第二（建安至隋）、三段（初唐至宋），胡适讲授第四段（元明以下）。罗庸并没有被这种朝代断限的讲授模式所束缚，总结民国文学史研究"先由某一部分作狭而深的研究，再求全史的会通"的新特点，吸收胡适"拿证据来"的思想，注重文体流变，探求一种以文化史为背景的文学史"新的试验"。作者在论述过程中新见迭出，读者自然能够体会。有一个非常突出的点，是需要我们格外注意的：在《中国文学史上的几个新问题与新见地》中作者鲜明提出了"展拓与发明的四基件"——新材料、新工具、新问题、新见地，并举例详细说明。我们中国古代文学专业往往会给研究生开设"方法论"的相关课程，而此中必然会提及学术创新。一般从王国维"二重证据法"到程千帆先生"新领域""新方法"①，罗庸先生在这个问题上的思考却无人言及；他在1939年就提出了学术研究的四新，就笔者所见文献，探讨如此系统全面，至今未见出其右者。

第三编《〈九歌〉解题及其读法》提要，这是罗庸先生文学史研究的珍贵个案，我们把闻一多先生《什么是九歌》文章附后，意在使二者观点碰撞，读者能有所得。西南联大当年的学生王均曾回忆说："膺中先生在联大的声名对于当时一代人是如雷贯耳的。……罗庸先生和闻一多先生都讲《楚辞》，两人都讲《九歌》，见解很不相同，而都各有卓见，都

① 程千帆：《治学小言》，齐鲁书社1986年版。

是发前人所未发，各自自由发挥，从不同角度研求真理，绝不互相攻讦。而学生则可由此启发思维，大开眼界。这正是联大令人神往的学术风气。"[1]

第四编《国文教育五讲》收五篇文章，《论读专书》《文学史与中学国文教学》《感与思》《战后的国语与国文》四篇都是演讲稿，全部发表于《国文月刊》；《国文教学与人格陶冶》原刊云南《教育通讯》第六、七期，后来和《感与思》一起收入《鸭池十讲》。这些文章在纳入本书时都根据原刊重新进行了仔细的校订。他们既属于罗庸先生文学史观的延伸，又可见先生对国文教育的思考，至今发人深省。陈平原教授演讲《"文学"如何"教育"》特地拈出罗庸"打成一片的国文教学法"，因为罗庸主张："文学本来是极活泼的东西，其所寄托在文字，而本身却散在生活的各方面。假如上堂就有国文，下堂就没国文，那就失去了国文的目的。"

罗庸先生的学问涵盖充周，浑无涯涘，以上只是粗略介绍其人其书的鳞爪而已，随着对先生散佚资料搜集的不断深入，我们对先生的理解也将越来越全面。

---

[1] 王均：《怀念联大校歌的作者——罗膺中师》，载《中华读书报》，2007年11月29日。

另，需要特别说明的是本书的整理工作多依据其发表的刊物，为保持原貌，并尊重那个时代的用语习惯，以及作者的语言风格，凡不影响文意理解的地方均不做改动，不做规范化统一。

2015年6月记于河北师范大学

目　录

第一编　中国文学史导论

003　/　导言

007　/　上编　文学史方法论

026　/　下编　中国文学史发凡

042　/　　　　中国文学史发凡（续）

第二编　中国文学史上的几个
**　　　　新问题与新见地**

055　/　甲　中国旧来何以没有文学史

058　/　乙　过去三十年的中国文学史

061　/　丙　中国文学史的展拓与发明

第三编　《〈九歌〉解题及其读法》提要

084　/　缘起

086　/　甲　《九歌》名原

088　/　乙　《楚辞》中之《九歌》

110　/　丙　《九歌》读法试探

122　/　附　闻一多：《什么是九歌》（节略）

第四编　国文教育五讲

147　/　论读专书

157　/　文学史与中学国文教学

164　/　国文教学与人格陶冶

182　/　感与思

192　/　战后的国语与国文

中国文学史导论

第一编 中国文学史导论

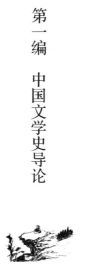

目　次

导言

上编　文学史方法论

　一、宗趣论

　二、史料论

　三、方法论

下编　中国文学史发凡

　一、社会与文化

　二、语言与艺术

　三、学术与思想

　四、时代与作家

中国文学史导论（一）^①

导言

　　章实斋在《文史通义》里曾指出中国的专史不发达，也就是专门之学不发达。诚然，过去仅有郑樵的《通志》二十略，体大思精，能对各方面都照应到，分别作通体的叙述，但以后就无人继起。以言文学史，在西洋文学史未为国人闻知以前，对于这方面，就无一人据之为专业，而从事于专史的撰著。虽然我们也有不少的《文苑传》，但仅是附在几部正史里，成为片断的史料，无当于专史，李延寿撰《南北史》，倒曾在《文苑传》的开端，综述六代文学的源流，可惜以后便嗣响无音。有人以为国人治学每病于笼统，用这话来解释中国专门之学为什么不发达，固然也可以；但对于文

　　①《中国文学史导论（一）》发表在《五华》1947年第2期，罗庸先生讲，缪钺和记录。

学史，我们还当作别论。中国过去没有文学史，这不能责备古人的糊涂，而他们有所不敢为者在。因为要治文学史，必得先对各家的文集，都有精深的研究，融会贯通后，才能够凌空做一番鸟瞰的工作。这谈何容易？中国的文集，岂是一人所能读尽的？古人也许有志于斯业，但他们治学谨严，绝不愿凭空结构；若要脚踏实地的去做，那么，兀兀终生，也未必能够完成准备的工作，只好赍志以殁了。所以，一直没有留下什么专著给我们。

自从西洋的学制由日本辗转移入中土后，国人在大学文科的科目中，也要仿设文学史了。从京师大学堂开端，远在清光绪二十七八年，该校印有闽侯林传甲著《京师大学堂中国文学史讲义》一书。这算是最早的一部。此后继之者甚众，较早的有谢无量的《中国大文学史》《中国妇女文学史》，以及曾毅的《中国文学史》等。接着，各大、中学都规定了这一课程，教本的编印，日益增多。五四运动以后，这一方面的著作，犹如雨后春笋，截至今日，坊间所刊行的，已有百余种之多。

对于这些著作，我不想逐一评骘，只就这一门学问，从民国以来它开展的路向，大略说一下：谢无量的文学史，是取材于诸史文苑传。选录各大家的传记，汇集后人对他们的评语，整齐排比之，这可以称为传记体的文学史。西洋文学史中，虽然也有这种体制，但他们的成就却很高，他们往往以一个作家来代表一个时代，如对于莎士比亚传述，由于他们用力的深厚，确能达到此目的。而我们的传记文学史，草创初就，只能提供一篇作家的目录。当然不逮远甚。到了胡适之的《白话文学史》及陆侃如、冯沅君的《中国诗史》出在中国文学史中，开了一个新的方面，他们着眼于文学的潮流以及文体的变迁，就中国文学中，拣取一方面，作有系统的叙述，让我们对文学的发展，有线索可寻。比起前者当然跃进了一大步。再则为《中国小说史略》，这也是治义学史中的专史而极有成就的。总之，先由某一部分作狭而深的研究，再求全史的会通，这是民国以来治文学史的一个新转向。沿着这转向，又有断代研究的实验。这工作开始于北大，时间是抗战以前，在当时，北大文学系的专集开得很多，胡适之先生就主张集合各个时代的文集分段讲授中国文学史，计分四段，由《尚书》《诗经》至东汉为第一段；由建安至隋为第二段；由初唐至宋为第三段；由元明以下至于今为第四段。当时傅孟真先生担任第一段的讲授，我担任第二、三段的讲授，胡先生自己担任第四段的讲授。这门新的功课，担任起来极为辛苦。在准备时，我虽然不敢遍读各家的专集，但综合的观念是不能不有的；所以，往往准备了一个礼拜，只够讲授半点钟。与教专集相较，其难易真不可以道里计。我常有一个譬喻，教专集好像请人吃方糖，一杯水里放上一小块，就可以尝出它的味道。教文学史就好像自己制方糖，一锅水里只能提炼那么几小块。因为专集是演绎的，文学史是归纳的。其难其易，已可想见了。联大迁到长沙后，文学史的讲授，仍采分段办法，到昆明亦复如是，经尝了十年的甘苦，使我对于中国文学史，有了一种新的看法，而且要想做一种新的实验，这就是我们所预备讲述的《中国文学史导论》。

　　总之，民国以来中国文学史的进展，是由一家一家的叙述，进而为文学潮流的叙述，再进而为文体流变的叙述。目前的工作，已经从事于文体发生的追问了。但一部文学史，仅能讲明文体的兴亡，是不够理想的。假如我们还不能由原料中去取材，而用次一手的资料；假如我们的眼光还不能扩大，由文化史来看文学史，仍然是局于一隅，就文学以言文学，那么，其陋其浅，是可以断言的。如何来弥补过去的缺陷？这就有待于今后的努力了！

上编 文学史方法论

一、宗趣论

所谓"宗趣"，就是态度和目标的问题。我一向对于现代西洋的新史学，他们那种科学的精神，极表敬佩；但就我个人的兴趣言，我治史的度态，宁愿取法于中国的古人。新史学只是史料学，仅能用之于史料的整理；而中国传统的史学，却是要人通观概览，彰往察来。有意于著史，还得用这老办法，非考史著所能竟其功。

我曾经说过两句话，一是："为明了一民族内心之发展，故治文学史。"民族是什么？就是生活在同一文化环境里，使用同一种文字的一群人。我们把他看作一整体，从而彰显其言行，就成为一个民族的传记。为个人作传，除了叙述其一生行实外，还要叙述其内心的发展。为民族作传，亦不外乎是。民族的"行"，就是该民族的历史；民族的"言"，就是该民族的文学。由此而论，一部文学史就是一部民族内心发展史，要把他的内心发展写得不失真，才能达成文学史的任务，这部文学史也才会有价值。二是："为测定一民族文学之前途，故治文学史。"这就是彰往察来的工作，中国传统史家所努力的。于此，就要牵涉史观的问题。我的史观，姑名之曰"缘生史观"。缘生是佛家的术语，佛家认为因缘合和而生万法，这比西洋仅言的"因果律"，要圆密得多。因为一因生一果，未免说得太简单了。宇宙间绝无突然发生的事物，必有其原因，而这原因绝非一，其成果，当是众缘合和之所生。能够放大眼光，穷索既往，自然可以知来。所以要测定一个民族的文学前途，必须站在文化史的立场，通观该民族的文学发展史，始有所得。反之，一个文学史家，假如不能准确地语人以今后文学发展途辙。那么，他的任务还是没有达到，他的著作依然没有传世行远的价值。这就是我所悬拟的目标，也就是治文学史的宗趣。

二、史料论

欲治文学史，必先有研究的对象，这对象就是各种各样的史料。关于史料的应用与处理，常有基础的知识，故为史料论。

（一）直接史料与间接史料

最直接的史料，就是作者的手稿。一经转写，就多少会失真；再经传刻，而未经作者的校订，或者更由它书所转引，即就是间接的史料了。比如陆机的《文赋》，欲考究之，若取材于严可均的《全晋文》，那就是间接的史料；若取材于胡刻《文选》，就稍进一步；若取材于唐写本（有正书局影印唐陆柬之写本，及日本遍照金刚《文镜秘府论》古抄本），自为近真。再如诸葛武侯的《隆中对》，若取材于殿本《三国志》，不如依据王献之的帖，时代早，不一定就对，但以其近古，总要可靠些。所以我们应当尽可能引用近似的直接史料。

（二）正史料与副史料

正史料就是一个作者的文集或诗集，副史料则是他人的征引或转述，此等副史料，大有助于校勘，为研究文学史者所不可忽。

（三）史料之认识与鉴别

甲、史料之认识

A. 口传与笔著。直到今天，还有许多民间故事和歌谣，传之于口耳，而未著之于竹帛。古代像这样的事，一定还很多。其著于竹帛的，如古人的嘉言懿行，有《尚书》；古人的歌谣乐诗，有《诗经》。我们治文学史，对于这些资料何时开始流传？还可以暂且不问；何时开始写定？就应当追究了。因为口传的史料，时间和地点，往往不正确，不应矫①枉以求之。听者的兴趣，只在故事的本身；其笔之于书，从可觇知宗趣之所向。且如孟子告诉万章关于舜的故事，这当中就包含有他个人的理想，今人硬要说这是绝对的信史，或说是孟子在造谣，这就对于史料的认识还不够。再如《战国策》中大鸟的故事（三年不飞，一飞冲天；三年不鸣，一鸣惊人），有人说是楚庄王的，有人说是齐威王的。假如专在这上面来讨论是非，那就是对于史料的认识还不够正确。还有口耳相传的故事，常常是踵事增华，时代愈晚愈详尽。据之为信史，那就是受骗了。如像

① 原刊误作"膠"。

宋玉，最早见于《史记》的《屈贾列传》，仅录其名，但在后人的短书小记中，却备详籍里生平，说得活灵活现，如像宋玉故宅等，真是凿凿可指。在文学史中，若不加别择，随便征引，那就贻笑大方了。

B. 简策与篇卷。《汉书·艺文志》录有刘向校书的注，说某书脱了一简，漏去二十五字或二十四字，后人遂据以为定制，认为汉简字数一定是这么多。在读《古诗十九首》①的时候，一定会认为"上有加餐饭，下有长相忆"两语是"尺素"的撮录。其实，汉代的简札有别，汉人短札，其长不过五六寸，能够容纳的字数实在太有限，"加餐饭""长相忆"六字可能就是全文。这由最近所发现的流沙坠简可以推知。所以，治学贵乎多识，至成书后，一行大体不超过二十字。这种书写的方法，对于后来诗的形式和音节，恐怕都有很大的关系。

C. 书写的方式。古人书写的方式，也不可不知。如像《墨子》中《经上》《经下》，末后有一小注说："读此书旁行正无非。"别人不理会，所以读不通。直到孙诒让的《墨子间

---

① 当为《饮马长城窟行》《古诗十九首》之"孟冬寒气至"有相近句子："上言长相思，下言久别离。"

诂》出来，才算把读法弄清楚。又如《韩非子》的"内外储说"，也有上下左右的标注，我想这恐怕是写成几块简，所以才标注这些字样来识别，混在一起读，一定失原意，再如《左传》里面有经文、传文，还夹杂上一些"君子曰"，我想象这是一本学生的笔记，先生讲授经文时，旁征博引，夹叙夹议，被他通同记下来，所以有这几部分，其实应当细加整理和辨析，不要再混在一块读。

D. 文字的变迁。由篆而隶而楷，中国的字形，随时在变迁中，并且，同一字体，每一时代还有习惯的写法，这尤其要注意，如像陶诗中有"榗庭多落叶"句，后人颇不得其解，以为棕榈是热带的植物，绝不会长在渊明的故里的；还有棕榈不落叶，与此诗所说也不相类。如此就发生疑义了，其实，只要明白晋人写字的习惯，就很容易解释，我们今日所写的"簷"字，前人写作"檐"，六朝人写作"榗"，由"榗"误为"榗"，这不是很自然的么？假若知道这流变，还有什么奥义之足索？

E. 伪托与模拟。宋以前的人，读书都比较粗心，不大用力去校勘和辨伪，如像陶渊明的《桃花源记》，中有"先世避秦时乱"一语，唐人传写，因为"世"字犯了太宗的讳，大概就改为"时"字。于是"先时"就成了一个时间的副词，编者不察，依此文义认为"避乱者"即是跟武陵渔夫对话的那班人，由秦至晋，历时数百年，他们还健在，自然都是神仙了。所以唐人诗中，如王维、韩愈，就把他们都当成神仙看待，这就太失原意了。文学中的伪托和模拟之作，很多很多，我们应当首先辨认清楚，才不致使作者和时代错杂。如像《文选》里面的《雪赋》，是谢惠连托于司马相如的；《月赋》是谢希逸托于王粲的。假如我们不细察，单凭本文里"相如于是避席而起，逡巡而揖曰"，和"仲宣跪而称曰"诸语，就说是他们的手笔，那未免张冠李戴了。模拟之作，尤其要辨。像苏东坡写陶诗，把江淹《杂拟陶征君田居》一首作为《归园田居》第六首，就犯了这个毛病。

F. 编辑与删节。到今天还有人认为《古诗十九首》是成于一时出于一手，并且它的次第是不可变的，这就错了（见隋树森《古诗十九首集释》引某氏说），不知古诗乃是民歌，非一人一时之所作。近所流传之《十九首》不过是《昭明文选》所采辑，于是沿为定称。原来的数目，在钟嵘《诗品》里就有许多篇。今有的，也不止这十九首，更无一定次序可言。正如阮嗣宗的《咏怀》、陈子昂的《感遇》，都是后人编辑的；就数目来说，不一定只有八十二首或三十八章；就时空来说，不全是在某个地方一气呵成的，这由它们次序的杂乱处，可以看得出来。删节的事，也要注意常会截头去尾。如魏文帝的《典论·论文》《文选》所录的和严可均所辑的，就有出入。（《文选》即截其头而去其尾）《文心雕龙·声律篇》所征引的陆机《文赋》，有"知楚不易"一句，在《文选》的《文赋》里就找不到，我们使用这类的材料，就应当尽量的去找它们的全文。

乙、史料之鉴别。这一项，我本来准备分做校勘、辑补、考证三目来讲。但现在刘叔雅先生正在这里专讲校勘学，一定很精详，所以就不再多说了。

（四）史料之编排与整理

即使是一个人的作品，早期和晚年必有不同。如像王维的《辋川诗》，意境和风格就大有别于早期的作品，假如我们执偏概全，以一诗一文来论一个作家的生平，结论一定是错误的，所以，治文学史在取材的时候，一定要先加一番整理的工作，为作家作成年谱，把他的作品比次先后，断语才会精确。

中国文学史导论（二）①

三、方法论

中国人治学态度，和西洋人不同。西洋人重方法，而中国人重体验。因为一讲方法，就有"能所"。而中国的哲学文学，重在"能所两忘"，这便是过去文学史不能客观地发展的原因。

近三十年来，我国学者，以科学方法整理国故，其态度精神，比清代汉学进步了很多。在文学史料的考证上，成绩最为显著。但在文学史整个的研究上，还有许多地方没有顾及。据我的看法，文学史有关的方面，有一处没有顾到，即不能说明文学现象。我的文学史方法论，归纳起来，有四个小题：

（一）从社会文化明文体之兴革

研究文学史，从传记式的研究，进步到文学源流的研究，

---

①《中国文学史导论（二）》发表在《五华》1947年第4期，罗庸先生讲，周均记录。

从文学源流的研究，进步到文体变迁的研究，这是逐层进步的。文体兴革的原因，应从两方面探讨：一为社会的变迁，一为文化的演进。其变迁的因素，有下列三个原则：

1. **一切文体俱起于实用**

大凡文学之发生，皆起于实际生活的需要。其后才是为了美观的鉴赏，这是一般文化史的通例。每种文体，若只从作品作者研究，是无法获得发展的根源的。如《诗经·周颂》，多属每篇一章，每章句数不一定，句法不很整齐，也不一定押韵。若能从当时实用的状况去研究，就可知《周颂》大部分是实用的舞诗。周代《大武》乐章，据《左传》宣公十二年所记，一篇便是一成，所以不能太长。至于《商颂》《鲁颂》，则为宗庙祭神的歌诗，并不为配舞之用，所以分章用韵，和《大雅》相似，与《周颂》相远。这是用处不同的问题，不是文体进步的问题。又如碑铭一体，本来是歌颂功德之辞，所以铭是主体，序是附庸。以后踵事增华，专为记载个人行事之用，序文愈来愈长，铭反退居宾位，和原意相离渐远了。又如词，到了温飞卿，体式逐渐完成，为《花间集》的冠冕。到了柳耆卿，长调逐渐确立，为慢词的源泉。这并不是个人的开创，而与当时的教坊制度有关。温柳的作品，不过适应教坊而作。如能于教坊制度研究明白，则对于温柳作词之来源，了解便可更为清楚，不会把一切内容都解为作者的寄托了。这都是文学和社会关系的问题。今日中国社会史的研究，尚未成熟，所以，文学上的创作，每每归功于个人，这是很不对的。

2. 社会变迁则文体变迁

每一种文体的由盛而衰，显而易见。但从文体与社会的关系比较研究，则鲜有人注意。如魏晋南北朝之时，九锡文、劝进表、禅让文、告天文等，盛行一时。这是因为当时政权的更迭，都走着同一的篡夺方式，到了隋唐大一统以后，就日渐消灭了。又如青词一体，起于唐宋以后。因当时道教流行，拜斗上章，每每用之。六一、东坡集中，都有此体。到了明代以后，便逐渐减少了。我们拿古今文体比较，各有消长，就可看出文学体裁和社会生活的关系。以上是显而易见的例子；至于若干问题，非好学深思，不能看得出蛛丝马迹。如花间小令和苏辛小令，风格全异；就是晚唐五代小令和北宋的作风，也有不同。因为唐人席地而坐，宴饮当中，有跳舞，有歌词；小令就是当筵舞的歌唱之词，所以内容只要华美就行。到了北宋以后，席地之风渐泯，当筵舞已不盛行，唱小令和听曲者，便把注意集中到词义的寄托，文人小令由兹而作。我们读晏几道"舞低杨叶楼心月，歌尽桃花扇底风"之句，就可知道北宋初舞制尚存；但到了南宋，当筵舞已成过去，小令纯粹变成清唱，所以文人可任意抒情而且以抒情为主了。所以小令作风之丕变，不应该归功于作者个人的。

3. 形式与内容互相限制

有某种形式，才能表达某项的文学内容；某项内容，也足促进某种形式的完成。所以，形式与内容互相限制。如蔡邕《陈太丘碑》《郭有道碑》，叙述个人身世，多属简单；而骈栗天成历历如绘。我们拿《郭有道碑》和《后汉书》黄宪等传比较，作风大致相同；于此可见东汉魏晋时代，碑传体裁，着重个人立身处世的荦荦大端；至于家世经历则不甚注意，所以文辞简短而风格愈高。到了唐代以后，设官修史，注重于官位的升迁，因而碑传长至数千言，内容和形式，为之一变。又如书札一体，汉人甚短，多为相问之词，如《饮马长城窟》云："上有加餐食，下有长相忆。"就是明证。至如乐毅《报燕惠王》、李斯《谏逐客》、太史公《报任安》等书文体皆甚长；这是由战国游说演变出来的"篇式书体"，与短札不同的。至魏晋杂帖如王右军诸作，言辞简短，风神高远，犹是古书札之遗制。唐以后两体相混，所以到了韩退之书札作风又变，这都与写信制度有关。而一种形式恰与其内容风格一致。文体已变，旧形式便很难容纳新的内容了。我们生在现代，模仿苏黄尚可偶一为之；模仿退之，已属不可；若模仿庾子山，就恐词不达意了。因为内容形式，不能相差太远；一味模仿古人，形式受了限制，内容也不易表达，不过成为假古董而已。近十年来，有"旧瓶装新酒"之说，以我看来这也是做不到的。旧的形式，是绝对不能装新的内容的。如今人作骈文，遇到新名词，必须找成语替代，否则不"雅"，但雅了就不一定能"信"、能"达"，总使读者有隔代之感。所以讲文学史，内容和形式相关的必然性，是必须注意的，否则无法说明时代的精神。

（二）从语言艺术明修辞之技巧

一般研究文学史的人，每每着重研究作家和他的贡献；至于文体和当代语言的关系，就很少有人注意。如《文选》所录任昉《奏弹刘整》一文，中叙刘寅妻诉列一段，纯系当时的白话口语，历代注《文选》者，却不甚注意。如对此方面加以研究，则"笔语"和"口语"的距离，可以得到一个准确的测定。归纳说来，此方面的研究，应注意者也有三点：

1. 语言之死活

胡适之先生在《建设的文学革命论》里，提出"国语的文学，文学的国语"十个大字，立论颇为警辟。不过因此产生语言之死活问题。在今日国语研究尚未成熟之际，究竟哪些是死的语言？哪些是活①的语言？颇难定论。古人的语言，流传到今，不一定死；现代人话里，也活着多少古语言。如杜诗"因君问消息，好在阮元瑜"。《通鉴》马嵬之变："上皇传语诸将士各好在"。"好在"二字，前人都不明它的意义，各地方言，也少有此种说法。从前我以为这是死了的语言，和《世说新语》里的"微尚"一样；及至到了云南，才知道在现代云南话里，是很通行的。又如"亡羊补牢"一语，见于《国策·楚策》，原来是古语言；到现在还是很通俗的成语。所以语言的死活，应当有一个活的看法，若呆板的拿时代做平衡的标准，就不妥当了。

2. **实用的语言和艺术的语言**

实用的语言脱口而出，是应用在生活上的；把它写成文字，就成为当代的语体文学：如汉乐府中《东门行》《孤儿行》等皆是。至如曹子建、陆士衡、鲍明远的乐府的语言艺术化了，这叫做艺术的语言。文学离开口语固然和时代隔离；不过文学上的语言，无论如何，不能与口语绝对吻合，必须加以

---

① 原刊误作"话"。

中国文学史导论

艺术化，才有文学的意味。以往有骈散文的对立，现代有文言白话的对立，都是艺术语言和实用语言的比较差别。就是现代用白话作的文艺作品，也不能尽人都懂。所谓艺术的语言，就是拿古代的或当时的实用语言，加上古代的或当时的艺术元素，而成为一种新的创造，这便是所谓文学技巧。所以要明瞭某时代的文学技巧，必须要知道当时的艺术发展。唐代音乐发达，所以唐诗音乐的性质富；宋代图画发达，所以宋诗图画的意境多。

3. 文学中之语言类型

文学中语言的类型有三：一为时代性。如杨椒山和曾文正的家书，都是白话，时间相距不到三百年，可是语调截然不同，《三国演义》《水浒传》《红楼梦》尤其看得清楚。这是时代性。二为地域性。如《诗经》代表北方文学，《楚辞》代表南方文学，语法词汇都很不同。三为社团性。某种社团，有其特殊语言：如《世说新语》所记清谈，词汇语调，都表现出一种特殊的风格，绝非魏晋的人都如此说法。治文学史如能分别研究，便不会以偏概全，犯笼统的毛病。

（三）从学术思想明文学之内涵

学术思想，是作品内容的背景。分析说来，又有三点：

1. 传统与创造

韩退之古文运动，若追溯根源，应从李华、萧颖士、元结、独孤及、柳冕、梁肃说起。自他们以来，已经开了古文运动的风气，不过这些人习于北朝的陈规，还是东汉以来的传统，不过与初唐盛行的南朝文体不同罢了。到了退之，根本六经、《孟子》，发为载道一派的文章。这种精神，是继承传统的；可是他自身有些养气功夫，所以有生气，有魄力，能运用唐朝的活语言，又能融合当代的传奇文体，又是创造性的。所以讲古文运动，都归功于退之，因为他既能继承传统，复有创造。

2. 变与常

文学宗派和风格，有可变的，有不可变的。同一儒家思想下的文学家，其面目亦有不同，其不同处即是"变"。所谓可变，就是在每时代下有他的时代面目和独特精神，这叫做同中求异。可是若干不同的文学家，也可以归纳为一个类型，这叫做异中求同，就是"常"。同中求异，要在文字以外探讨。如杜工部为儒家思想，朱晦庵、王阳明也是儒家思想；可是三人各有其独特的面貌，这就是治文学史者所不可囫囵的地方。

3. 单纯与复合

文学家的思想，有单纯的，也有复合的。单纯的易明，复合的就不易研究。如杜工部每饭不忘君，拳拳忠爱之心，这是儒家思想；可是也杂有道家思想，如诗中丹砂一类的话。陶渊明从有悠闲旷远的人生观看，是道家思想；可是"贞志不休"，"与道污隆"，又是儒家思想。所以研究文学，除注意时代精神外，作者思想之单纯与复合，也须研究，这又和研究者之学养深浅有关了。

（四）从时代风会明作家之成就

文学史上，很容易提倡英雄主义，把文学上一切的成就归功于个人，这是忽略了时代风会的关系。时代风会，含义甚广，不仅只是时代背景和作家身世等问题。而一个作家的成功，往往是承前人之累积，无法跳出时代风会之外。研究一个作家，如能先从他的时代风会着手，则他的个人成就才看得出来，这里又有三个小题目：

1. 无名作家与失败作家

凡一种文体其创始者必是无名作家，大部分的《诗经》、汉乐府和《古诗十九首》，都是无名氏作品。这才真是有名作家的基础。其次，从有些作家的所以失败，才可以见出成功作家的何以成功。我们拿《诗经》来看，如四言敝而有五言，五言敝而有七言；但这中间也有试作三言六言九言诗的，何以曹氏父子和建安各家的五言诗，能于成功？孔文举的六言诗，归于失败？又何以三言和九言诗，不甚流行？若能探究失败的原因，则时代风会的基础和作家成功的文学条件，才说得清楚。

2. 作家之三类型

历代成功作家大概不出于三种类型：

一为开山创造者。此类作家能开创某种体裁和改革一时代的风气：如鲍明远的《代白纻舞歌辞》《拟行路难》等，开放了七言诗的格调，达到成功；温飞卿、柳耆卿的小令慢词，由教坊作品过渡到士大夫作品，奠定了词的基础；又如曹氏父子变汉民间乐府而为文人乐府，又以乐府格式写五言诗；具属此类。此类作家，必须不是华胄出身，必须有尝试精神，否则无此大胆。

二为出奇创胜者。以偏锋取胜，有的成功，有的也失败；变而不离于正则成功，太过则失败。如中唐各家，莫不想易盛唐之辙。元白等新乐府以平易近人取胜，退之的古诗，以散文笔调取胜，孟郊贾岛的诗，以苦寒取胜，李贺卢仝的诗以险怪取胜；韩白郊岛等就成功，至若樊绍述的《绛守居园池记》，过于僻涩就失败了。

三为集大成者。文学史上伟大的作家，俱属此类。杜工部之于诗，周美成之于词，都是集大成的。读书愈多，经验愈富，再以时代之风格融汇而出之，就能集大成。

3. 共相与别相

共相属于时代，别相属于个人；共相是研究时代的整个作风，范围愈大愈好；别相是研究作家的独特精神，范围愈小愈好。如初唐人能排律，盛唐人能七律，晚唐人能绝句，这是共相；共相之中，又有作者个人的体貌，这是别相。比较研究，就是剥蕉抽丝一样，一层深一层，把一个作家的作品，除去其与古人相同的部分，再除去其与同时人相同的部分，剩下来的便是他所独有的"别相"。这别相也许仅只是很少的一点，但若真要说明一个作家的特质，不能举出别相是不行的。

研究一段文学史，或一种文体，或一位作家，假如能充分应用上述的条件，我想是比较容易说得清楚一点的。但说来惭愧，我自己一分也没有做到。

中国文学史导论（三）①

下编　中国文学史发凡

社会与文化（上）

在讲本题之前，要先说两件事：

第一，我们讲历史，对它的全体，应当有一个看法；文学史是历史当中的一部分，要研究它，也得有一个看法。用现代的术语来说，就是应当有一个"史观"。上次曾经说过，我的史观是"缘生史观"，这话还得略加解释。照佛家的说法，一切法相，都非实有，性体本来是空寂的，假如我们能够见得法相的虚妄，就算是证了如来。但在"体性皆空"之中，为什么又会浮现种种相？这就由于因缘合和之所生。但这因缘是众多

①《中国文学史导论（三）》发表在《五华》1947年第5期，罗庸先生讲，缪鸾和记录。

的不是单一的，比如说，仅有能见之眼与可见之物，假如光线不够，或者位置偏差，或者距离太远，依然不可见。而这能见的因缘，也绝不如此简单，还可以细析至无限。历史事实，亦复如此，它也是因缘合和之所生；这因缘，也是多的，而非一的。假如执着某一点，对全体妄加窥测，其结论必然失之于武断。缘生无自性，这是法相义。

又在《大乘起信论》里，有"一心二门"的说法。认为一切事物都是依众缘生，依唯识变；所以有心真如门，心生灭门。若证得般若境，真如生灭，本来一体；但在凡夫境，只能见生灭的对待。凡夫境中事物的变化，莫不经过生、住、异、灭四种历程。历史本来是凡夫境中所有事，用"缘生"义来讲，我以为比较能够道出历史的真实。

宇宙万象，都在生灭不停的变化中，但在凡夫，有计"常"计"断"的不同：当生、住时则计"常"；当异、灭时则计"断"。其实，无论事相如何久如何暂，总要经历生、住、异、灭这四劫；而且，都在华严法界中；长劫摄短劫，一法摄万法；彼此交光互射，绝非截然异立。

本着这个道理来看中国文学史：一切的文体，从它发生到成长以至于转变消灭，就是一期生灭；一切文体的生灭，相续而不已，就是文学史；而在这演变的过程中，又非截然的更迭，而是主从的易位；用我们前面的话来说，是交光互射，彼此相关的。

第二，我们对于整个中国文化，要有概括的认识：凡是一种文化，它发展的程度，如其是很高，那么，它生命的延长，跟它的高度恰成正比例；另一方面：它发展的范围，如其是很广，那么，它所能包容、同化其他文化的能力，跟它的广度也成正比例。中国的文化，力足以兼包并容；而它自有一个中心，对于它所吸收进来的，仅可以存其貌，而在无形中，改变了它们的本质。我们要谈中国的文化，必须把握住这两点。

现在，我们缩小范围来看中国的文学：如其把中国文体看做一些花、一些树，就得先问这花或树的种子在哪儿，根芽在哪儿。我们探索的结果，发现它们的出生地有二：一是起自民间。古语说"礼从下起"，文体亦然。不过这见解前人是不能接受的。二是来自外面。经由异族异地的传播移植，才在此土开花结果。这两点，就可以摄宾一部中国文体的发生发展史。

还有一点值得我们注意的，就是一切文体的发生，都起于实用；而其发展所及，则又逐渐离开实用，变成一种装饰品，供士大夫们赏玩，到了这一境地，它的生命力也就告尽了，必然的要趋向于灭亡。这也是不可少的看法。

我认为中国文学的信史时代应该由夏起。到今天，经历了四次更迭，每一次的更迭，都是以民间文学起，以外来影响终；及至外来影响衰歇，又有新的民间文学代之而起。这样，就造成中国文学史的生灭相。

先从夏代说起：夏民族最初是什么民族？这一个问题，暂且留待专家去解答；但由文学史的观点来看，夏民族离开游牧生活而进入农业社会，应该是很早的事。《大戴礼》里面，有一篇《夏小正》，恐①怕是夏人的遗书；在那时即使还没有著之于竹帛，也一定流行于民间，而为后人所追写。孔子说："行夏之时。"又说："我欲观夏道，是故之杞，而不足征也，吾得《夏时》焉。"司马迁说："孔子称夏时，学者多传《夏小正》云。"可知道一部书，绝非杜撰；由于夏人的重视历法，而且有很好的切于农事的历法，足证他们的社会，早已步入农业阶段了。《诗经·豳风》里面的《七月》，所用的历法，兼有夏正，而且豳地正是夏民族的根据地，所以，它可能就是夏民族的农功诗。《周礼·春官》籥师有豳诗、豳雅、豳颂之分，如果这分类是因袭夏人之旧，那么，夏代不惟有诗，而且已备众体了。夏与周（居邠以后的周）同是农业民族，但就文化方面来比较，夏人尚巫，周人就开明多了，不用

---

① 原刊此处衍一"烟"字。

神权来统治。《山海经》里面有许多关于巫的记载，如像"踽步"，就是巫舞的名称。"踽步"即是"禹步"，由字面上，也可以看出夏民族和巫的关系。还有《楚辞》里面的巫咸，也是在西方，可能就是夏巫当中的佼佼者。由此推想，夏民族虽已踏入农业社会，但是还没有超越过原始宗教的藩篱。关于夏民族的历史，可以由《山海经》《诗经》《楚辞》《吴越春秋》《史记·楚世家》等书中，窥见其轮廓。

《山海经·海外西经》载："大乐之野，夏后启于此儛《九代》（或作《九伐》）：乘两龙，云盖三层。左手操翳，右手操环，佩玉璜。"又，《大荒西经》载："西南海之外，赤水之南，流沙之西，有人珥两青蛇，乘两龙，名曰夏后开；开上三嫔于天，得《九辩》与《九歌》以下。……开焉得始歌《九招》。"这些传说暗示我们：夏原是用车战的民族；到后来车战竟然变成了一种舞容，配合着音乐的节奏，仅仅从事于表演；这就是后来的《大夏》，武王本之而作《大武》，便是《周颂》的起源。

（记者[①]按：关于这一点，先生当晚因为时间的关系，没有详细的解说；但在云大讲授《诗经》时，有一段专论《大

---

① 即缪鸾和。

夏》的话，很可与此相发明，所以也把它介绍在这里，作为补充。先生说，古代的杂曲见于记载者虽然很多，但究其实，可以凭信者不过《大夏》《大武》而已。曾有《古乐杂记》一文，载《国文月刊》第五期。《大夏》一名，始见于《左》襄二十九年传季札观乐。在春秋时候，这支舞曲，通称为《万舞》或《八佾》。《海外西经》所载的"儛"，我认为就是他的前身。这一种舞，最初大概是野外车战的演习；"左手操翳，右手操环"的，就是战车上的将军；在《山海经》里，是由夏后启或称夏后开的来充任。"翳"是用来指挥军队的，"环"是用来赏赐勇士的。"乘两龙"就是乘两马，马八尺为龙，这是古代的异称。大概"一乘"的制度，就起于夏代，而且与田制有关。照《周官》的记载，一乘之后，有步卒七十二人；由这数目，我们可以想象舞队的排列，可能是纵横各八的方阵；另外还有八个人在前面领队，这就是夏后启的车战舞。大概在舞时，所有的人们都把两只手高举起来，宛如古写的万字，所以在《诗经》的《简兮》里，称之为《万舞》——也只以把《万舞》解释成这车战舞，《简兮》里面"执辔如组"一句才可以读。因为《简兮①》中的万舞是舞

---

① 原刊误作"字"。

于"公庭"之内的，准情度理，那地方就容不下车马来，何况于驰骋。由此推想，《万舞》中是不应有这些。但那"执辔如组"的话为什么突如其来呢？我以为这是在形容一种意象化的舞姿。周人把这车战舞由野外搬进公庭去，车马势必要取消；但原始的舞姿不能不保留，所以得比一下"执辔"的手势，至少他们也是换了一个车马的模型来代替。那么，"执辔如组"一句话，不正告诉我们《大夏》就是《万舞》的前身，而且还透露了当中演变的消息么？还有《简兮》的卒章是："山有榛，隰有苓，云谁之思？西方美人。彼美人兮，西方之人兮！"这分明是一章情诗。忽然插进《简兮》里面去，而在公庭中高声唱起来，各方面都显得极不调和。所以《毛传》才把"西方美人"解释为"卫之贤者"，当然很牵强。我以为这正是夏人的舞曲。他们舞于野，高唱情歌倒是很自然的事；所谓"西方"，指的正是夏土；所谓"美人"，其实就是原始民歌的意中人。而这情诗，也被周人拼在《简兮》里，搬进公庭去，就留下很大的痕迹，为我们的假说添了一个证据。由于《大夏》一变而为宗庙公庭之舞，位置及地点都已经固定，就略加变化，把领队的九人除去，单单剩下那纵横各八的方阵，所以又称为《八佾》，再按着公卿大夫士的等差递作减损，在士人的家里只能用两排，所以又才有"二八"的

中国文学史导论

名称。)

殷商民族，起于东海滨；《商颂》里的"相士烈烈，海外有截"，有人□就□朝鲜①。后来箕子封朝鲜，并不是没有理由的。汤居亳，才奠都于黄河下游，商人迁都的频繁，为历代冠；盘庚以后，次数才算少；一直到帝乙，才没有再迁。殷商帝王之所以好搬家，大概由于他们是工商业民族；称他们为"商人"，大概是有语源的。商人贸迁有无以为生，所以不能定居在某处。说他是工商业民族，可以由许多小故事里面看出来：孟子叙述葛伯仇饷，说："汤居亳，与葛为邻。葛伯放而不祀。汤使人问之，曰：'何爲不祀？'曰：'无以供牺牲也。'汤使亳众往为之耕，老弱馈食。葛伯率其民，要其有酒食黍稻者夺之，不授者杀之。"可见葛国就是一个既不畜牧，亦不耕种的国家；既然葛汤为邻，而且汤所关心的又是他们的祭祀，这葛国与商可能是同属一族的了。再看春秋战国的宋人，有的放下锄头，守株待兔；有的劳瘁终日，揠苗助长，都已传为一时的笑谈；可见商人的子孙，还不能精于农事。但他们却以工巧见长：如像压倒鲁班的墨子，以及能够配装不龟手之药的，资章甫而适诸越的，又都是宋人。这些零散

---

① 原刊油墨漫漶，损两字；疑为"有人说就是朝鲜"。

的资料，很足以透露他们的习尚。他们既长于匠作，自必有一批人出来贩卖成品，工商业原是相伴而兴的。商人迁到河北以后，才变为一个纯粹的农业国；纣之亡，就由于酗酒，可见在那时农产品已经很丰富了。

商人的占星，一变而为阴阳家的学说；再加上巫术，就变成了后来的道教。而这一文化系统，和后来的楚文化是颇有渊源的，所以讲《楚辞》不能不先研究一下夏商时代的文化。

在这一个时代，整个的局面是夷夏的对立，也就是东西文化或东西民族的对立，以黄河上下游而分界。在中国历史中，就地区的形势而言，最初是东西对立，直到楚国强大后，才变为南北对立。

照近代史家的考证，周人本来是西羌，并非农业民族；古公亶父带着他的人民到了岐山下，就定居在那里；岐山原是夏民族的根据地，有着较高的农桑文化，周人不足以压服，就把后稷抬出来；然而还不行，才开始向他们学习，周人的《月令》，应该起源于《夏小正》，《豳风·七月》里面，夏历与周历并用，其间的关系，就可以想见了。另一方面，他们也接受了东方的文化：当文王武王时，东方人前来帮助他们的，一定不在少数，如像太公望、散宜生，就是显著的例子。而且，文王的母亲大任，就是殷人。武王灭纣，统一东西，彼此的文化更可以沟通了，他们就尽量的吸取，创造了自己的面目全新的文化。所以孔子说："周监于二代，郁郁乎文哉！"

商周的不同，也可以由鬼神的观念来比较。商人尚鬼，周人的祖先，虽然有"姜嫄"之类的神话，可是到了成康，一切归向于人事，神话的色彩已经被冲淡了。周民族在中国历史上，有两大贡献：第一，奠定了农本社会；第二，建立了封建制度。井田与封建，成功了周文化的特色。但这井田，不等于古罗马的井田；这封建，也不等于欧洲中古时期的封建。是建筑在人伦上，而不是[1]建筑在债主上。

周代文化的精神，既然是农业本位的，而又是人伦本位的，所以在中国文[2]学中，神权的内容消失得很早。有人批评中国的文学缺乏想象力，没有但丁的诗篇，我们大可不必为此而沮丧。因为进入于人本，也就是进入于开明；缺乏想象的作品，并非是国人缺乏想象力；是历史要他如此，正不必去找楚辞以及汉代的郊祀歌来跟人家比赛，我们[3]看《周颂》和大、小《雅》里面的诗篇，完全是现实的切于人事的，这

---

① 原刊误作"其"。
② 原刊误作"交"。
③ 原刊误作"门"。

是人本文化必有的现象。国人的民胞物与的胸怀，至少在周公后就已经形成。由于此，就把中国的文学固定了一个内容：融融、洩洩，尽是家人父子互相告语之词；不论那一种文体，都在这一情况下发展。

农本社会，接近于自然，多看植物，少看动物，所以人们的胸怀，易与自然融合，而少弱肉强食的观念；由于此，遂演变而为"同天"的人生哲学，再演为道家自然的思想；歌颂自然，乐天安命；而且让中国的民族始终保存着一种温暖的情绪，所谓"温柔敦厚"的诗教，一直是国人所宗奉的文学标准。

说起《诗经》，这就是起于民间的文学；十五国风不必说了，就是那雅颂，也莫不源于民间的祭祀燕享和舞蹈，以后发展到庙堂里面去。所以《诗经》时代，要算是中国文学史上第一个开端。章实斋说，一切的文体都源于诗教，这话是很对的。知乎此，研究后来的文体，才不致脱节。

到了春秋初年，诗教已经日即衰落了，所以孟子说，"王者之迹熄而诗亡。"这时候，南方楚民族的文化又代之而起，一般人把周楚文化视为截然不同的两体，甚至说楚文化是由印度传来的，实在不当。我们假如多留心，由渭水出武关循汉水下襄阳，这是一条很古老的道路，楚怀王入秦，就是逆此而走的。这是以前荆楚民族和夏民族交通的孔道。在《山海经》和《楚辞》里，可以寻出许多的线索来。很早以前，河洛江汉之间，本来是夏楚民族及文化融合的地带；也就是文王"三分天下有其二"的地带，到春秋初年，楚民族逐渐向东北发展，由郢都到北郢而至于寿春，就跟中夏形成了南北对立的局面，于是乎由夷变夏的对立过渡到夏楚的对立，其实，因为很早就有了那一条走廊，所以夏楚的文化，并不是截然两体的。《诗经》里面的"二南"，产生于江汉，是不用说的了；而在顾栋高的《春秋大事表》中，所蒐集得"赋诗喻志"的资料凡二十八条；那些赋诗的行人，以籍贯论，楚国倒占去了五六个，可见他们对于中原文化是如何的熟悉了。又照《左传》的记载，楚左史倚相能读三坟五典八索九丘之书，他们的文化何尝是低落？千万不要因为他们取了一些刁钻古怪的名字，就真把他们视作"蛮夷"了。孔子说"周监于二代"，我们应当说"楚监于三代"：楚人尚巫，这是接受了夏人的文化；而他们的祖先祝融氏，也是商的始祖，所以又接受了商人的文化，就由这巫风和燕齐的神仙思想，作成了《楚辞》的内容，不劳我们再到印度去寻找。但《楚辞》的内容，还得加一项，就是儒家的思想，《文心雕龙·辨骚篇》说："不有屈原，岂见《离骚》？"屈原就是生于楚地儒者；他在外交上主张连齐拒秦，所以曾经奉使到齐国；在那时，孟子离开齐国恐怕还不久，陈良、陈相之徒，却还在滕国没有走动，儒家的思想，屈原是不折不扣的接受的；他的《离骚》，严格说起来，还是以儒家思想做骨干，特不过披了一件巫歌的外衣，所以不同于《诗经》了。

当着周民族的文化衰落时，楚民族新兴的文化就一道向北传播；秦汉之际，楚声已经很时髦，如像项羽的《垓下歌》，刘邦的《大风歌》，就都是楚声。在这一个更迭中，就中原来说，这种文体是来自外面的。我们不应当忘记，楚辞的兴起是由于淮南王；淮南的封地就是楚国作了十九年国都的寿春；当时小山之徒在他的门下，"分造辞赋"，所袭拟的就是此一体，梁孝王入朝，才把这文体传播到长安；在中原人的眼里看起来，未始不如今日的欧化文学。

要言之，起自民间的《诗经》与来自外面的《楚辞》，其间的兴替，就形成了中国文学史上的第一个更迭。在这一个更迭里，还有许多私人的著述，虽然诸子可以不入文学史，但是却不能把战国游说之士抛开。古代发表意见的方法有二：一是"说"，《尚书》开其端，发展而为策士的游说；二是"唱"，《诗经》开其端，发展而为楚声的歌辞。《诗》《书》两体，后来竟走上一条路去，如像荀卿的《偈诗》以及老庄的文章，都是有韵的散文，这种情形，是说与唱的交融，也就是《诗》与《书》的交融。

游说之辞，必须铺张扬厉，夸大渲染，才足以打动时君世主的心；而在《楚辞》中，就不少这一种成分。在经过说与唱的合流，发展而为司马相如、扬雄诸人的辞赋；到了东汉，赋里面说的成分减少，唱的成分加多，如像班孟坚们的赋，就没有不押韵的句子了。

汉赋的发展，到了蔡邕、崔瑗，已经是日暮途穷了；另一种文体，又代之而兴，这便是汉乐府。一般人讲中国文学史，喜欢用朝代来分期，其实这不对。比如两汉，西汉是战国的余波，而建安的文风，是六朝的先导，所以东汉的二百年间，属上连下，两无是处，应当把它孤立起来，作为第一个更迭的尾声。

第二个更迭的开端是汉乐府，起自民间，而以《相和歌》为基础。如像戚夫人的《舂歌》，就是成相之属。它们的句式，或为二、三、五，或为三、三、七，可以说是《诗经》以后的新国风；汉武汉宣在民间所蒐采的，就是这一类。如像《孤儿行》等，都是极有生命力的作品。在这里应当补充几句话：别的文学史，可以跟音乐脱节，惟有中国文学史，它每一个更迭，都与音乐息息相关：起自民间的是靠音乐来培养，来自外面的，是靠音乐来传播。假如不注意这点，就难得中国文学史的真实。如像《相和歌》，变为后来的清商三调以及大曲等，我们仔细去探索，就可以发现它们流演的痕迹。汉代的乐府，发展到《古诗十九首》，已经和音乐脱节，变成文人笔下的东西，由此下接建安。建安时代，曹氏父子都很喜欢作五言，让五言诗得到一个新开展。要之，到了这个时候，辞赋已经走到末路，五言诗就滋生繁长起来，作成第二个更迭中的新文体。而这一更迭，也是因应着社会的变化而来的：周代的封建制度，到春秋就开始崩溃了。自此以下，入于纷争的战国；到了秦朝，废封建，置郡县，是一个巨大的改变；然而不久，陈胜、吴广辈就揭竿而起；汉高祖统一天下，在文化方面，是以楚文化为基础的，再到东汉，家天下已经成了定局，此后就是宗室、外戚和宦官的争打；董卓入卫以后，局面又大为改变，其时假行禅让，只有《劝进表》可以作，求为东方朔辈谲谏之文尚不可得，遑论其他？所以一般高洁之士，只好托情寓兴于五言诗，如像阮嗣宗的《咏怀》八十二首，即其例。另一些人们，是走上清谈一路，如像王弼、何晏。清谈的风气，在文学的形式上，影响也很大，清谈家极其注意口头的修辞，结果构成了晋宋文学的清峻的面貌。在这一个时期，又有佛教的东来，这是第二更迭中的外来影响。东晋时的清谈，已经渗入不少的佛理，如像殷浩、支道林，都是这一路。至于五言诗，到了陆士衡、潘安仁的时候，又已经僵化了，其干枯一如东汉的辞赋。然而陶谢的诗却是极有生命的。就由于正始玄风以及佛教义理的濡染，为它注进去一些新血液；加以渡江之后，一般人耽于江南山水；所以在文学方面，显见得活泼灵动，清隽自然。而牧其全功、融其体貌者就是陶渊明，渊明的诗非常难讲，总之，他就是众缘合和之所生，适逢其会，以他特达的资质，作了一番集大成的工夫。

中国文学史导论（四）[1]

中国文学史发凡（续）

社会与文化（下）

上一次讲过，中国文学第二个更迭的开端，是汉乐府，是起自民间的。从汉乐府发展到五言诗，从五言诗发展到清谈文学，同时又加上佛教哲理的濡染，这是第二期文学更迭的大概情形。五言诗到潘安仁、陆士衡的时候，已经僵化；不过东晋时代，却出了一个陶渊明，作了一番集大成的工夫。此后宋齐梁陈，经过若干时期，产生若干家数，可是五言诗已经趋于末路，无重大发展。

在东汉末年，辞赋和散文，仍然代表文学的两个途径。到

---

①《中国文学史导论（四）》发表在《五华》1947年第6期，罗庸先生讲，周均记。

了建安的时候，发生了新的变化，把《诗经》的四言句法，运用到散文里边；东汉辞赋，多用四六句法，到了建安，又把辞赋的笔调，运用到散文里面。这种发展，慢慢的形成骈体文，所以骈文实在是导源于建安的，我们拿骈文作家来看，任彦昇、刘孝标的骈文，风格比较高；徐孝穆、庾子山的骈文，风格比较低，就因为任刘的骈文，多用建安四言体；徐庾的骈文，多用汉赋的四六句法，这可见骈文的渊源来历了。

南朝是偏安之局，文人心胸，不免狭隘，诗的题材也多半狭窄。起初谢灵运写山水诗，范围还比较的宽广；到了齐梁以后，除少数大家外，诗的范围，愈来愈狭，多半写些屋内的事物，如灯烛镜奁一类的东西。在此时期，加入一段民间文学的力量，就是子夜吴声歌曲和襄阳西曲的兴起，这给予五言诗一种新生命。子夜歌是用吴声唱出来的一种歌曲，每章四句，每句五字，合若干章成为一篇。这种歌曲，最初流行民间，士大夫很少模拟。可是来源很早，从西晋初年，已经开端。如孙皓天纪中童谣："阿童复阿童，衔刀浮渡江，不畏岸上虎，但畏水中龙。"实在是吴声歌曲的起源。这种歌曲的字法组织，和汉乐府及汉魏两晋的五言诗，都有不同。汉乐府多半是长篇的，曹子建的新乐府，如《名都》《美人》《白马》等篇，每篇句数，多半在三十句左右；至于《古诗十九首》，最少八句，最多二十句；陶渊明的五言诗，也多半不长不短，每篇在十四句至二十四句左右。到了齐梁以后，五言诗的篇幅，一天一天的缩短，大概在徐庾宫体未发生以前，每首诗的句数，普通不会超过二十句。这种诗的句法组织，代表两种趋势。一种是旧的，句法比较长，梁武帝、昭明太子是代表；一种是新的，句法比较短，梁简文帝、梁元帝是代表。新的这一派，每首诗多半是十二句，徐庾宫体诗，就走这一条路子。这种诗的形式，仿佛是三首子夜吴歌合拢而成。子夜吴声歌曲是情歌，可以入乐，所以又给了垂绝的五言诗，以莫大的生机。

这种新路子发展下去，就形成初唐四杰的五言诗。初唐四杰，最初写五言排律，对起对结，多半是十二句；后来把十二句删去两句，成为十句；可是觉得不对称，又删了两句，就成功了五言八句对起对结的早期[①]律诗。所以律诗的形成，是受了吴声歌曲的影响。这种生机，完成了诗的形式和格律；至于诗的内容，因为隋唐大一统的局面，也更为丰富起来。

襄阳西曲，每首多半是七言二句。这种七言诗的风格，在晋宋之间，有《白纻舞歌辞》《行路难》等，都是民间的形

_____

① 原刊误作"起"。

式；在南朝时，鲍明远大胆的尝试，最善于作这种诗歌，所以有《拟行路难》《代白纻舞歌辞》等作品。演变到了初唐，就形成七言古诗；不过初唐的七言诗，还保持排律的格调，缺乏流走的气韵，和盛唐以后不同。

第三度更迭的民间因素，是《子夜吴歌》；外来因素，是西域文明。西域文明，影响在文学方面的，是西域的音乐，在北朝时，西凉乐传入中国，到了开元天宝间，龟兹乐势力大盛，于是产生了唐代的大曲，再由大曲演变成诸宫调，这就是元明杂剧传奇的音乐成分；同时词中的小令，也产生在唐代，慢慢的变成宋代的慢词。所以中国的词曲史，若缩短起来看，是发源于唐代的。

这种民间歌曲和西域音乐综合起来，再加上唐代大一统的局面，丰富的文化，辽远的交通，于是唐朝诗歌的内容，发生了极大的变化；诗的题材，也异常丰富。在南北朝时，诗的题材，不过五六类；到了唐代景龙年间，已有十二三方面之多。这些题材，有些继承过去，有些开创将来，它们产生的原因，不外三方面：一是科举制度的影响。士大夫来长安应考，无所凭藉，于是应酬交错，产生一些奉赠和答的诗。二是交通的辽阔，应考和赴任途中，可以写一些征旅和登临吊古的诗；假如做官而遭贬谪，也可以流连风景，作一些写景抒情的诗。三是社会生活的丰富。当时西京长安，是欧亚文化的中心，国内因士大夫的交游圈子扩大，赠答诗的数量，为之增多，《太白集》中，就多此种作品。国外由波斯、罗马等地，传来一些新的事物，如跳舞的风俗、胡姬的酒肆、新奇的服装等，都予作诗者以新的题材。这种社会文化力生活力的丰富，加上民间歌曲的新机，西域文明的交流，因之产生光华灿烂的唐代文学。

在此时期，韩柳提倡古文运动，既不凭藉民间，又不依靠外来。他们要由魏晋南北朝复于周秦西汉的古，似乎是一种逆流运动；这有其成功的原因。假若我们追溯韩柳以前的历史，北周苏绰拟《大诰》，归于失败了；到了唐初，李华、元结、柳冕、梁肃，都做了一番古文运动工作，是韩柳文学的先驱，不过没有大成罢了。我们拿徐孝穆庾子山的文章来看，觉得华而不实，韩柳的文学作品，就比较有声气，有魄力。所以古文没有韩柳，恐怕只是旁枝，不会成为正统。

韩柳文之所以成功，是在问题的创造方面，韩柳以前的散文家，多半拿古文写奏议论说；到了韩柳，不惟拿古文写论说文，还用古文写传记文，这是韩柳开创的风格，这种风格的开创，是与志怪小说有关的。志怪小说，起源于六朝，它的内容，和道教佛教有密切的关系。与道教的关系，占十之七；与佛教的关系，占十之三。到了唐代，就变成传奇文，不过志怪小说，多言神鬼；传奇文学，多言人事罢了。当时一般文人士大夫，又拿文章做行卷之用，如李白《与韩荆州书》，韩愈《为人求荐书》《与宰相三书》等；这是当时的风气使然，不足为怪，这种风气，流行于民间，也流行于士大夫阶级，慢慢的就与传奇文学合流。

韩柳的着眼传奇文，是有史实可证明的，张文昌在《遗韩愈书》有云："君子发言举足，不远于理，未尝闻以博杂无实之说为戏也。"所谓"博杂无实"就是指传奇文而言，这可见韩柳和传奇文的关系。所以从柳子厚的《李赤传》《河间传》，推到退之的《毛颖传》，子厚的《蝜蝂传》，再推到退之的《圬者王承福传》，子厚的《种树郭橐驼传》，韩柳传奇文学技术之高，是获得绝大的成功。因为拿古文写论说文，不出诏令奏议，仍然是"事"之一体，古人发挥，已经到了极度，缺乏新的生命。韩柳因势利导，用逆流的运动，发展顺流的力量，所以文章风格比较高；可以上推到《史记》《左传》，更上推到六经。有了深厚的渊源，才能奠定伟大的成功。

继承古代文学遗产而集大成的，不是韩退之，而是杜工部。工部的诗，篇篇创造，有新的意境，因为他能以旧的体裁，写新的现实。他的诗可分五期①：起初多五言律，七言律甚少；到了《曲江对酒》，七言律才渐多；天宝之乱以后，才写新乐府，有《三吏》《三别》等诗。他能融会古代文学的菁英，集其大成。所以一般人认为韩柳复古，工部开创，实在说起来，恰得其反，韩柳开创新的传志文学，工部集诗歌的大成。

此外，予唐代文学以新机的，是僧寺俗讲，（向觉明定名）又叫做变文。（郑振铎定名）俗讲是佛教入中国后，将佛经的故事，编成诗文合体的通俗文学，向民众演讲的，所以叫做俗讲。这种俗讲的"诗"的部分，仿佛佛经中的偈颂一样，是可以歌唱的。以后慢慢演变，讲的范围，不限于佛经故事，就是民间的传说，也可以做演讲的材料；讲的地域，也由寺庙发展到市街上了。现存的变文，多半从敦煌石室中发现，有《舜子至孝变文》《明妃曲》《季布歌》《大目犍连冥间救母变文》等，这是绣像全图小说的来源，因为僧寺俗讲，多半在故事前面，绘上图像，带说带唱；我们读杜工部诗，"画图省识春风面"，虽然在盛唐时代，是否有僧寺俗讲，不能详考，不过这句诗却能说明俗讲的一种风气。这种俗

---

① 原刊作"五期"，就罗庸所言，当为"三期"。

讲，在唐文宗时，最为流行，是一种七言长篇的诗文合体，代表民间的形式，所以给唐代文学一种新生机。

中唐时候，白香山的诗，老妪都能解；元微之在平水市中，见村童歌诗，说是"歌乐天微之的诗"，由此可见元白的诗，流传很广。我们读元白的名作，多半是七言歌行，有意仿效通俗文学，这或许是受变文的影响。不过这种情形，到了唐代末年，逐渐衰歇；晚唐的诗歌，很少民间的意味。温飞卿、李义山，靠了很大的力量，义山兼长于文，飞卿兼长于词，才能成为大家；至于其他作者，如像姚合、三罗、杜荀鹤一流人物，都不能大有成就。

晚唐以后，词变成文学的主流。因为自中唐以降，大曲慢慢变成小令，因此产生花间体；而五言诗在当时，又已变成调子，子夜吴歌和襄阳西曲的命运，都已告终；恰好西域音乐，大为盛行，所以造成词的极盛时代。不过到了宋太宗以后，改革乐部，另创新声，所以南宋以后，词又慢慢衰歇下来。

在这时期，民间小说兴起，又给予文学以新生命，这是第四度更迭的开始。当时民间"说书""说话"的风气很发达，据孟元老《东京梦华录》所载，共有小说、合生、说诨话、说三分、说五代史等五种。说书说话，必得要有话本，如《五代史平话》一类的书，这就是以后白话小说的来源。所以民间小说戏曲，是宋元明清四代文学的主潮。

这一时期文学的趋势，有二方面：一是说故事，从《大宋宣和遗事》起，演变成以后的章回小说，这是一个系统；一是演故事，从唐代的参军戏起，演变成宋元明的杂剧传奇，这是一个系统。这种变化，经过的时期很长。而内容则很单调。至于这种文学的发达背景，一是西域音乐力量的悠长。唐代以后，剧台上的音乐，多半用的龟兹乐，就是现在演旧戏的姿态身段，也和唐代的胡舞有关。一是宋代理学的发达。元明以后，理学观念，普遍流行于民间，表现出"礼从下起"的精神来；尤其四书五经，成了功令书，人人必读，影响小说的内容很大，所以我国小说，多以忠孝节义为主要题材。

宋元明清的文学发展，是第四度更迭的初期；到了现在，就演变到第二期。这期西洋文化东来，因此产生新文学运动。新文学运动，虽然提倡国语的文学，可是受西洋文学的影响很大，文学的内容、体裁、修辞各方面，都受到了影响。我们读文学史，要能"鉴往知来"，认清将来走甚么路；我们遭遇着这伟大的外来因素，将来的文学，可能从西洋文艺当中，产生出中国意味的新文学来。从北宋初年到现在，将近一千年了，靠了外来的西域音乐，使文学的生命绵延这么久。

我们现在站在后期的开头，前期的结尾，正当东西文化交流之会，我们应当根据旧有文学的遗产，接受外来文学的新生命，创造前所未有的现代文学，那么，中国文学这一期的生命，将会再绵延七八百年到一千年之久，其内容之丰富，沔驾汉唐，是可以预言的。

语言与艺术（缺）

学术与思想（缺）

时代与作家（缺）

第二编　中国文学史上的几个新问题与新见地 ①

① 本文分别发表在《云南教育通讯》第二卷第七期（1939年9月11日），内容见本书第55—68页；《云南教育通讯》第二卷第八、九合刊（1939年10月1日），原刊署名误作"罗膺甲"，内容见本书第68—78页。

目　次

甲　中国旧来何以没有文学史

乙　过去三十年的中国文学史

丙　中国文学史的展拓与发明

　一、治文学史的态度和方法

　　　（一）史料之认取

　　　（二）问题之提出

　　　（三）以证据解决问题

　　　（四）由结论推出公例

　二、展拓与发明的四基件

　三、几个体例

　　　（一）由新史料引出的新问题和新见地

　　　（二）由新工具引出的新问题和新见地

　　　（三）由新问题引出的新见地

　　　（四）由新见地引出的新问题

甲　中国旧来何以没有文学史

中国有许多事在西洋人看起来很不可能，以为是一个"谜"。譬如中国文学不是不发达，而从来没有一部有系统的中国文学史，便是一例。

一个民族的文化如发见有缺点，万不可从正面遽下批评，要紧的是客观地找出那缺点的由来，从根本处加以补救。

中国分科学术史的不发达，自然是文化上的偏畸；但这偏畸是不得不然，那就是因为中国文化的精神，根源于它的农业社会。

生活于农业社会的人类，具有的是一种植物性的意识。他地著不迁，顺适自然，安命地少壮老死，蕃殖子孙，而要求一种与自然谐和的美。其生命的重心在内，需要的是时时对内在的生命反省、体味，而有所自得，最忌的是委心逐物，舍己芸人。

六经称为"六艺"，学问的基础称为"根柢"，不相干的议论称为"荣华""枝叶"。"学殖也，不学将落。""苗而不秀者有矣夫，秀而不实者有矣夫！"学问的意义根本是一种"培植"自己的"艺术"。

"四民"的次第是具有很严格的意义的，士农的生活方式根本相同，所以归为一类，只是"禄以代耕"不同罢了。工是只能"成物"，不能"成己"的，其生活的重心在外，便被人看不起；但到底还能"居肆以成其事"。商便连"成物"也谈不到，他只能"'垄断'而登之，以左右望而罔市利"。在中国士人的眼里是"贱丈夫"。

一个文人的作品，技巧超过了自然，便被人称为"雕琢"。书画太过于工整现实，那就是"匠气"。一个人的著作若只是抄袭陈言，无所自得，便说他是形同"稗贩"，而"待价而沽"，也就是一种讥讽。

设局修史，开馆编书，大部分的人是不屑于参加的，因为他有类于工厂。刻丛书，辑佚书的人，仅只算"有力的好事者"，书店的老板，不管版本学如何精博，祇能算作"横通"，大家看重的，只是私家著作。

在这种意识下，专门的学问和专科的学术史是不会发达的，谁也不肯"为人作嫁"。学问只剩了一条褊狭的路，那就是"如何养成一种表现个性的能力"——无论在文群或政治方面。

这就是中国历史上只有文人而没有文学史的原因。

西洋人的治学风气便根本和这不同，他们把学问看作是一种求知的对象，而努力去完成它。他们学习"工具"，搜集"材料"，努力"工作"，希冀"发明"。保护"版权"，收取"版税"。完全是工商业的一套。工商业的意识在中国一钱不值，在西洋便有如此的成就，这原故是大可深长思的。

原来中国古代不但不看轻求知，并且明白求知是致用的基础。大学所谓"致知格物"。照朱晦庵"即物穷理"的讲法，实在是做学问的根本工夫。只是后世的中国人，太注意致用，而忽略了求知，结果形成一种尚文的愚昧。这愚昧和农业社会的保守性混合，便成了文化上的偏畸。

要补救这文化上的偏畸，只有努力走"求知"的路。朱晦庵的提倡即物穷理，章实斋的提倡专家之业，便都是有见于此，而乾嘉汉学家的成就，也就是这一方面的成功。

由这观点来说，则中国文学史的研究，正是我们的垦荒的事业。

乙　过去三十年的中国文学史

　　自从废科举兴学校以来，学校里便不能不有文学史这一课。初期的像林传甲的《京师大学堂中国文学史讲义》便是一本很可怜的书。在这里，看见了一个孕育在旧农业社会文化里的学者向着新方向蜕变的艰苦。以后，谢无量的《中国大文学史》《中国妇女文学史》，曾毅的《中国文学史》，也曾风行了十几年。谢书钞纂至勤，四库史部正史里的《文苑传》，集部里的总集、别集、词曲和诗文评蒐采至富。但在今日看来，只是些未经整理别白的文学史料。曾书叙述议论颇贯串，也是一本难得的书，但在今日看来，便病其简略。近十几年来，坊间出版的文学史，总数在六十几种以上，其中不乏苦心经营之作，尤其是分类，专门的几种开了不少新方向，但大体上有一个共同的旧定型牵引着这些书，那就是脱不开传记型的叙述和"选文以定篇"式的例证，与"诗文评"式的批评。

在近十几年的文学史出版中，我觉得有两部书最好，一部是胡适之先生的《白话文学史》，一部是鲁迅先生的《中国小说史略》。

胡先生的《白话文学史》为了取材的限制，范围当然和一般的文学史有广狭的不同，但在这书中给了研究文学史的人一个很大的启示。就是认清了一体文学从发生到成熟，从成熟到衰老，完全是一个有机体。从这见地上使我们认识了历史是一种纵的活动，而不是分段的平铺。因之每一件历史的现象或事实，在全个活动中有着它的关系和地位。而文学史上每一时代的文体或每一个作家，只是这全链上的一环。这见地，扫破了从前过于看重作家的偏见，和忽略无名作品的粗心。发现了民间文学与大家名作的联系。同时，由过去文学演变的公例，指示出来的前途。

鲁迅先生的《中国小说史略》是一部开创的书，照说"前修未密，后出转精"，应该粗疏不备的，但在近十年来的小说史料层出不穷的时候，鲁迅先生的书依然不可动摇。新的问题和新的见地在这书里大致具备。这并不是鲁迅先生的手段特别比人高明，全由于这书的基础的深厚。《古小说钩沉》和《小说旧闻钞》十几年的辛勤工作，奠定了《小说史略》的长编。所以虽然是这样薄薄地一小册书，却没有一个问题不是经过精密的考订的。这样，才增加了这书的可靠性和悠久性，使得研究的人可以按图索骥，竟委穷源。

所以，文学史的研究，完全不是编纂和叙述的事，必须有问题、有方法、有见地、有发明，使得文学史本身，时时在前进和展拓中，成为活的学问。

这样，我们的文学史的研究，正是有着辽远的前途的。

丙　中国文学史的展拓与发明

一、治文学史的态度和方法

传讹、曲解和模糊不清，是一般历史事实的共同现象。治史者的任务，就在实事求是，得到有证据而可靠的真实。所以治史的态度第一是虚心，廓清一切成见和传统的旧说，直接在史料的本身上求真相。第二是得问，在大家陈陈相因的讹误里，要能发见矛盾的所在而提出问题。第三是有据有问题而能靠证据来解决，便会有新的结论。第四是宏通，有结论而能求出公例，便可以由此推彼，而解决同类的许多问题。

（一）史料之认取

比如说，我们要研究周代史官秉笔以后，私家著作以前一时期的"私家记言文"，当然孔门是主要的部分。记载孔子言论的书，有《论语》《大小戴记》《孔子家语》《孔丛子》《孔子集语》等书。我们首先便须对这些史料有所认取。《家语》《孔丛子》是晋人一种小说性质的书，可靠的成分最少。《集语》如孙星衍本，算是蒐集旧籍里记载孔子言行的材料最备的书，但性质杂糅，只能作为一种旁参。《大小戴记》虽较纯净，但也不全是七十子的直接记载，只能作为副料。只有鲁《论》二十篇时代最古而性质最单纯，那么，就决定以《论语》作主要的史料，即以研究《论语》所得的结果证定《大小戴记》和其它的书的内容，这样，才不致为史料所误而虚耗工夫。

《论语》的注解又有多家，我们假如依靠注解，就又不免为后人之说所围。最好的办法，是抛除一切的旧解，以自己的力量，虚心寻绎本文，在本文中发见问题。

（二）问题之提出

由汉以来相传旧说，都以为《论语》是孔子弟子所记，假如这话可靠，那么，全部《论语》便都是"孔子时代"记言文的真面目，但我们不能如此轻信或轻疑古人，我们必须靠自己的力量找证据，凭证据证实或证虚，然后得到一个可靠的结论。这结论如果与旧说相同，便是替旧说加一层证明，我们便不是盲从古人；如果与旧说不同便是对讹传加一番订正。

清朝崔述的《洙泗考信录》提出一个问题，他说《论语·季氏》第一章"季氏将伐颛臾"一段不可靠，理由是：从各方面的记载来考订，冉有、季路并无同时为季氏家臣的事。这对于我们要研究孔子时代记言文的人是一个很大的启发，因为这一段是《论语》记载对话最长的一段。这一段可靠，则可断定孔子时代已有了很长的对话记载了，否则如"学而时习之，不亦说乎？"那样的短句，才是七十子记录的原型。

在这一段记载中，我们发见一个特殊的现象，《论语》大部分的记载是"子曰"，而这一段是"孔子曰"。

照崔述《洙泗考信录》所说，《论语》通例，称孔子皆曰"子"；唯记其与君大夫问答乃称"孔子"，而《论语》的末五篇——《季氏》《阳货》《微子》《子张》《尧曰》——屡有称"孔子"或"仲尼"者，此当是战国末年人所窜乱。假使此话可靠，则《季氏篇》的首章为战国时代的传讹记载无疑。

（三）以证据解决问题

根据崔氏的话，我们仔细比较一下《论语》中标"子曰"和标"孔子曰"记载的异同，立刻发见一个很明显的不同现象，那就是，凡标"子曰"的大都是散句；而标"孔子曰"的，大抵是组织的成串议论。

比如《学而篇》的"子曰'君子食无求饱，居无求安，敏于事而慎于言，就有道而正焉，可谓好学也已'"。并不说："君子之所以好学者有五"，但在《季氏篇》以下标"孔子曰"的就不然了。"孔子曰：益者三友，损者三友。""孔子曰：益者三乐，损者三乐。""孔子曰：侍于君子有三愆。""孔子曰：君子有三戒。""孔子曰：君子有三畏。""孔子曰：君子有九思。"大抵是先有标目，后发议论。这格式是战国以后的风气，"孔子时代"是没有的；此正与《礼记·学记篇》的"学者有四失"，《中庸篇》的"天下之达道五，所以行之者三""凡为天下国家九经"同一格调。

于此，我们可以替崔氏的话更加一层证明，《季氏篇》首章绝为战国人的传讹记载，而凡称"孔子曰"的文字都不是七十子记载的原型。

那么，我们要研究"孔门私家记言文"，只有《论语》中标"子曰"的散句是最可靠的材料。

（四）由结论推出公例

在这里，我们又要问，何以这种后世窜乱的记载，只见于后五篇而不见于前十五篇呢？这便须考查一般的先秦古籍窜乱的情形是怎样的，比如《庄子》，内七篇大概无甚问题，外篇、杂篇就不免糅杂，《管子》也是如此。我们可以知道，在用简册写书的时代，竹简的附加和掺入是很容易的。每部书的重要部分，大抵编在前面，为大家所通习，后面的就不免为人所附益或窜乱。就是一篇书的末尾，也往往因为简上尚有余白，被人写上不相干的笔记。比如《论语·季氏篇》末尾"邦君之妻，君称之曰夫人"一般，《微子篇》末尾"周有八士"一段，《尧曰篇》开头"尧曰咨尔舜"一段，都与孔子的话无关，明是后人随笔的记录。这样，我们便可以得到两条公例：

（1）凡先秦古书，其窜乱的部分，大半在一书的后几篇，或一篇的后几章。

（2）凡先秦儒家记载，称"子曰"的大半是七十子记孔子之言，称"孔子曰"的大半是七十子后学的传述。

照这公例去看先秦古书和儒家记载，虽或不能全无例外，大体上给我们一幅新的眼光。又可以从这上面找出些新的问题。

一部理想的文学史，便是应该由许多一点一滴的小问题积累起来。顺其自然的向前展拓，展拓一步，便是更逼近真相了一层。

二、展拓与发明的四基件

用这方法来治文学史，便是有发明，有发明便是有展拓。这发明和展拓要靠几个基本条件，那就是：（一）新材料，（二）新工具，（三）新问题，（四）新见地。

治史的人所根据的若总是些老材料，便不免总在老问题上盘旋；一有新材料发见，立刻可以打开一个新的境界。比如唐朝的俗曲和变文，从前是没有人知道的，但自敦煌写本发现以来，不但大家多知道了些唐朝的民间文艺，并且发现了唐代的民间文艺和印度故事的关系。

但新材料的发见是偶然的事；倘使没有新材料发现，而能有新的工具供运用，也可对老的材料有新的估定。所谓工具就是专门的学问。治史者若能专精一两门专门学，便可以得到许多的发见和结论。比如我们研究《诗经》《楚辞》时代的音乐文学，关于乐律方面，大概相信旧传五音七音之说，但王光祈先生根据《战国策》"郢人作阳春白雪，其调引商刻羽。杂以清角流徵"，以为楚乐是"四音调"。（见王光祈著《中国音乐史》第二章第三节）其说虽未为定论，但应用西洋乐理以研究中国古代的音乐问题，是定有许多新发明的。

假如既无新材料，又不能利用新工具，则能在老材料中发现新问题，也可以有新的发明，比如旧说"杜诗韩文，无一字无来历"，尤其杜诗的乐府，没有一篇不是写实的。但《前后出塞》就是一个很大的问题。《后出塞》五首写安禄山征奚契丹事，字字不空，但《前出塞》九首就仿佛是泛写征戍之苦。假使果是泛写，那么"杜诗乐府是写实的"，这句话就有了例外。我们认定这是问题，便抛弃旧注，从历史上找证据。结果发现这诗完全是咏天宝六年高仙芝征小勃律的事，而且是根据岑参从征归来口述的见闻，其字字不空，和《后出塞》一样。（详见拙著《读杜小笺》，未刊①）这一个老材料，就有了新的解决。

又或我们对于一批的文学史料，有一种新的见地，则在这一批史料中所有的部分的问题，也可以有新的解决。比如我们研究《诗经》的编纂，发见了南、风、雅、颂的次第，完全是音乐的关系。根据这个新见地，来看"六诗"，则不但汉以后三体三用之说不能成立，就是把六诗认作诗章的类目，也是错的。六诗是六种学乐诗的法子，所以在周官掌于太师，而"风、赋、比、兴、雅、颂"的次第，在"四方

———————

① 可参看罗庸：《少陵诗论》，收入《鸭池十讲》。

之风"，所谓"不学操缦不能安弦"。再习"不歌而诵"的赋，以便熟悉诗篇，再习"比音而乐之"的"合奏"。再习"与道讽诵言语"的"倡"。再习周代国乐的雅。再习"及干戚羽旄谓之乐"的颂。而南、风、雅、颂的次第，也便是照这个自然的顺序编成。三百篇是否全为乐诗的问题，当然不烦讨论了。（详见拙著《六诗说》，未刊）所以一个合理的新见地，往往可以连类解决许多支离破碎的老问题。

上说四基件，得其一便可以有发明，假如四项具备，那进步是可以有把握的。

三、几个体例

（一）由新史料引出的新问题和新见地

敦煌石室发现的六朝唐五代写本，关于佛典和俗文学的材料，已经有许多人研究过了，另外有些杂文件，却还少有人着手研究。在刘复先生所辑的《敦煌掇琐》中，有几节断烂的材料，刘先生拟名"舞谱"。其标题有《遐方远》《南歌子》《南乡子》《双燕子》《浣溪沙》《凤归云》诸目，显然是唐五代令词的谱，但谱中的字义和组织则不能明白。譬如《南乡子》的谱是这样的：

（《南乡子》拍当令掫三拍舞据一拍一拍前后三拍当
打《浣溪沙》紧慢拍遏送）

令令　　令送舞　　舞　　舞掫送掫送　　掫据掫

舞摇　　摇送摇　　摇　　摇掫送掫送　　掫据送

舞掫　　掫送掫　　掫　　掫送哥哥送　　哥据送

舞掫　　掫送掫　　掫　　掫据送头送　　头头送

我们在这看不懂的新材料中，发见一个新问题，那就
是"令词和舞有甚么关系"？

在《朱子语类》第九十二卷中，发现了这样一条记
载："唐人俗舞谓之'打令'，其状有四：曰'招'，
曰'摇'，曰'送'，其一记不得。盖招则邀之之意，摇则摇
手呼唤之意，送者送酒之意。向尝见沈村父老为余言：其祖父
尝为之，收得谱子，因兵火失去，舞时皆裹幞头，列坐饮酒，
少刻起舞。有四句号云：送摇招招，三方一圆，分成四片，
得（《经世大训》作'送'）在摇前。前人多不知，皆以为
哑（《经世大训》作瓦）谜。"

看了这一段记载，使我们联想到宋张炎《词源》有"南歌
子两段慢二急三"，及"慢二急三拍与三台相类"诸语，断定
唐宋人笔记中必有不少可以参考的材料，可以帮助我们明白这

个问题。前年夏，就请北京大学国文系的同学叶玉华君，从事蒐集材料，结果做成一篇《唐人打令考》。所得的结果是：

（1）唐人饮筵皆先用骰子掷采，依采劝饮，然后迤逦入酒令。酒令有多名，而以"抛打令"流行最广。

（2）酒令中有须即席口成韵语者，谓之"著词令"，例须唱答，即以为调笑之资，其词即谓之"令词"。

（3）令词有随口念诵者，有入歌者，谓之"歌令"。

（4）歌令之最流行者则有舞，谓之"舞著词"。

（5）敦煌舞谱决为唐五代"舞著词"谱。

叶君又根据《夷坚志》《乐府群玉》《碎金》诸书，证明打令之风至元明犹存，不过内容屡变，所以旧制日湮。有根据《唐书·礼乐志》《梦梁录》《唐语林》诸书，解释"按""据""送"，各字的意义。（详见《唐人打令考》，未刊①）虽尚不能完全明了，但大体上比前人的认识正确多了。

这一个问题之提出，对于旧来讨论令词起源的各种说法，是一个大纠正。例如朱晦庵的泛声说，沈括的和声说，徐

---

①《唐人打令考》收入《国立北京大学四十周年纪念论文集》（乙编上），1938年12月17日编印，1940年1月20日于昆明出版。

　　　　　　　　　　　中国文学史导论

养源的缠声说，方培成的散声说，大半是把词的起源看成是单元的，而专就音乐去解释。其实词的起源并不如此单纯，有由竹枝蜕化出来的新乐调，有由唐初传下来的三台，舞马词，各种杂曲，"令词"不过其一端。宋以后近词慢词盛行，凡短调皆称曰"小令"，实非正名之道。有这几段断烂的材料，使我们对于这些旧说，得到一个正确的批评。

另外，由此更得到一个新的见地，那就是但凡一种文体，当其初起，必是多元的。辞赋是如此，汉乐府也是如此，乃至南北曲也是如此。这使我们对于一派文学之生长，不敢不用分析的眼光。

这都是新史料之所赐。

（二）由新工具引出的新问题和新见地

旧来的人读先秦古书，大半照着《汉书·艺文志》分类，其一"家"的著作流传，也大半靠了汉人相传旧说。自从晚清"今文经学"重兴以来，《左传》《国语》的问题，成了聚讼的焦点，从刘逢禄、康有为、崔适，直到钱玄同先生，提出了许多证据，以攻驳刘歆[①]和古文经学家。但究竟没有新的

[①] 原刊误作"韵"。《汉书·艺文志》乃班固删削刘歆《七略》而成，故有此说。

论证，因为材料、工具，彼此相同，只是观点不同而已。

瑞典的高本汉先生（Bernhard Karfgren[①]）本了他的语言学的专门工具，精研中国古书，开始用文法的研究来考察《左传》。他首先发见《论语》和《孟子》的文法相同，而《左传》则与《论》《孟》大异，于是假定《孟子》的语言为"鲁语"，而姑名《左传》为"左语"。然后选了七种助词作为比较的标准，统计的结果是：

（1）"若"与"如"。

（甲）作"假使"解时，《左传》全用"若"，而鲁语则"如"与"若"并用。

（乙）作"像"解时，《左传》全用"如"，而鲁语则"如"与"若"并用。

（2）"斯"字作"则"字解。鲁语常见，《左传》无。

（3）"斯"字作"此"字解。鲁语常见，《左传》无。

（4）"乎"字作"於"字解。鲁语常见，《左传》无。

（5）"与"字作疑问语尾。鲁语常见，《左传》无。

（6）"及"与"与"。两平列名词之间鲁语只用"与"，不用"及"，《左传》则并用而"及"字尤多。

---

① 原刊误作"Karfpren"。

　　　　　　　　　　中国文学史导论

（7）"於"与"于"。"於"与"于"之用法，《左传》分别甚清，《论》《孟》则全无分别。

根据这些证据，所得的结论是：

"《左传》绝非鲁人所作。"

（详见高氏所著《论左传真伪及其性质》，中文有陆侃如译本，名《左传真伪考》，商务版）

这是一个很新颖而有力的发见。高氏之说，虽或有待于商榷，但应用语言学的工具以审查古书，实在给我们开了一个很宽的新路。我们从此会注意到古书的地域性，同时也注意到利用旁的工具以重勘古著。

（三）由新问题引出的新见地

从来论陶渊明者，最喜欢用"隐逸"二字，《晋书》把他列入《隐逸传》，钟嵘《诗品》也说他是"古今隐逸诗人之宗"。但近二十年来，大家对于思想史比较留心，陶渊明的思想问题，便成了新的聚讼，或说他是儒家，或说他是道家，或说他到底不免沾染佛教色采。如果从他的诗文上寻章摘句的比较，便觉得这些说法都有些像，也都有些不像，正如各种不同说法的《靖节先生年谱》一样，各自有它的理由。我们觉得这不是解决问题之道，便抛开著作，专从他的生活上找根据，结果得到一条结论：

"陶渊明者，其源出于阮籍，本属儒侠，间杂庄老，惟力耕自足，隐居求志为异耳。"

原来自建安正始，以讫太元义熙，所谓"名士"，显分两派，像阮籍、嵇康一派，其特色是放达；王衍乐广一派，望特色是清淡。表面上看来，好庄①老，负重名，是两派共同的所在，实则清淡派的重识量和放达派的贵超旷，清淡派的重博学和放达派的贵默识，清淡派的重风标和放达派的贵通脱，清淡派的服食丹药和放达派的纵酒好音，其生活的风格是完全不同的。在这比较中，渊明显然是放达者流，尤其是儒侠，能诗，与易代之感这三点，与嗣宗为近，只是力耕自足和隐居求志这两点是渊明所独具的生活态度而已。（详拙著《任达与清淡》，未刊）

从这一个见地，废弃了许多枝节的争论，同时引起了一个注意，就是，研究一个作家，不可遗弃了他所处的时代和环境，无论他是顺潮流或是反潮流的。因为事无孤立，礼不单存。

---

① 原刊作"並"，当为"庄"之误。

（四）由新见地引出的新问题

读《楚辞》者，大半相信王逸《章句》的小序，尤其相传屈原作的几篇，很少有人提出疑问。虽然有些地方破绽太大，历代注家总是设法弥缝，并且定要凑足《汉书·艺文志》"屈原赋二十五篇"的数目。清代考据发达，《渔父》《卜居》《远游》各篇，首先被人怀疑，《九章》也有一部分受指摘，只有《九歌》十一篇，直到最近才有人零碎的考证，实则这里面有一个很大的先决问题，为大家所忽略，以致一切考证都属枝节。

治文学史的人，对于文体演变的公例，需要有一个客观的基本见地，然后一切枝节问题才有所附丽而不致落空。《楚辞》是音乐的文学，治《楚辞》者首先须明了音乐文学的演变公例。

音乐文学的根苗是民谣，当其未入乐时，往往是不整齐的长短句，如汉乐府的《妇病行》《孤儿行》《乌生八九子》是。及后被之管弦，则不整齐的变为整齐，而一体的文学于以成立，如汉乐府的《豫章行》和《古诗十九首》是，一体的定型文学，行之既久，再受音乐的陶熔，又可由泛声衬字而变为长短句，如唐词[①]初期的《忆江南》《闲中好》等调是。此其中若有定轨可循，而一体文学的少壮老衰也可以由次鉴定。

本此见地来看《诗经》，则不但像《周颂》那样不分章的长短句必古于二雅，就是周秦古书里所引《诗经》异文，有些与今本字句有出入的，也必是原来的样子。正如虢季子白盘、𠫑羌钟、石鼓文一般，整齐的四言长篇，发展到《正月》《十月之交》，各篇无可再变，接下去的只有像荀卿《佹诗》一类的不入乐之诗了。这正是一个大的转关。

本此见地看《楚辞》，则像《天问》那样呆板的四言长篇，正与《庄子·天运》的起头和荀子《佹诗》，同一格调；而《离骚》的体式，正是由此蜕出，如唐宋小词一般。

照我们的看法，楚辞句式演变的次序，应该是这样的：

（1）遂古之初，谁传道之？上下未形，何由考之？（《天问》）

（2）中央共牧，后何怒？蜂蛾征命，力何固？（《天问》）

（3）后皇嘉树，橘徕服“兮”，受命不迁，生南国“兮”。（《橘颂》）

（4）滔滔孟夏“兮”，草木莽莽。伤怀永哀“兮”，汩徂[②]

---

① 原刊误作“祠”。

② 原刊误作“沮”。

南土。（《怀沙》）

（5）"帝"高阳"之"苗裔"兮"，"朕"皇考"曰"伯庸。摄提"贞于"孟陬"兮"，"惟"庚寅"吾"以降。（《离骚》）

（6）吉日"兮"辰良，"穆"将愉"兮"上皇，"抚"长剑"兮"玉珥，"璆"锵鸣兮琳琅。（《九歌》）

虽衬字的变动不同，然四言的原型犹可寻觅；到了汉乐府歌唱《九歌》的《山鬼》，就变成：

（7）若有人，山之阿，被薜①荔，带女萝。

纯粹成为三言了。所以《郊祀歌》的：

（8）太一况，天马下，霑赤汗，沫流赭。

和《大风歌》的——

（9）大风起"兮"云飞扬，"威"加海内"兮"归故乡。

正是继承《九歌》的调子，所以《九歌》在《楚辞》中的地位，当于句法演化的第六期，为汉初歌词的前导。

由于这见地便可以提出一个整个"《九歌》时代问题"，而假定处时代绝不早于《离骚》，不后于汉《郊祀歌》。然后再逐篇的考订其内容。

---

① 原刊误作"薜"。

有这一个假定，我们才敢承认"东皇太一"即是汉武帝所祀的"太一"，而"蹇将憺兮寿宫"。《九歌》中的杂祀也便是汉武帝时的群巫之祀，而今本《九歌》也便是汉《郊祀歌》里"九歌毕奏斐然殊"的"九歌"。（详见拙著《九歌新考》，未刊①）

这样把《九歌》的时代平空拖下来若干年，自然还需要有力的证据。这里所要说明的是：一个新问题的发现和确定，与新的见地有密切的关系。

以上略举几个例，不及细说，但研究文学史的方法和规模，大致具备。我渴望本会会员，能于教学之余，本其心得，热心地参加这垦荒的工作。

---

① 可参看罗庸《〈九歌〉解题及其读法》提要。

第三编

《〈九歌〉解题及其读法》提要 ①

① 本文选自《恬庵语文论著甲集》，（台湾）香港书店1973年版。

目　次

缘起

甲　《九歌》名原

乙　《楚辞》中之《九歌》

一、《楚辞》年历

二、燕齐方士与秦汉丛祠

三、甘泉祠仪及其乐章

　　　　（一）甘泉竹宫与太一坛

　　　　（二）壁画及巫祝

　　　　（三）祝厘词与郊祀歌

四、论《九歌》所祠鬼神

　　　　（一）东皇太一

　　　　（二）云中君

　　　　（三）湘君湘夫人

　　　　（四）大司命少司命

　　　　（五）东君

（六）河伯

（七）山鬼

（八）国殇

附论：礼魂

五、《九歌》之结集及"毕奏"

丙　《九歌》读法试探

一、祠仪之具省

二、乐章之组织

三、四言与三言

四、独白与对话

九歌解題及其讀法提要　羅庸

此為國立北京大學文科研究所公開講演講稿。三十一年三月二十一日講於昆明國立西南聯合大學新校舍南區。全文約共五萬字。今為適應講演集之篇幅，撰此提要，略其繁證，舉其宏綱，以與同好者共商略之。

緣起

王逸楚辭章句九歌章句序曰：

罗庸手稿

此为国立北京大学文科研究所公开讲演讲稿，三十一年三月二十一日讲于昆明国立西南联合大学新校舍南区。全文约共五万字，今为适应讲演集之篇幅，撰此提要，略其繁证，举其宏纲，以与同行者共商略之。

缘起

王逸《〈楚辞章句·九歌章句〉序》曰：

《九歌》者，屈原之所作也。昔楚国南郢之邑，沅湘之间，其俗信鬼而好祠，其祠必作歌乐鼓舞以乐诸神。屈原放逐，窜伏其域，怀忧苦毒，愁思沸郁。出见俗人祭祀之礼，歌舞之乐，其词鄙陋。因为作《九歌》之曲，上陈事神之敬，下见己之冤结，托之以风谏。故其文义不同，章句杂错，而广异义焉。

历世学人，于此序无疑词：自近人苏雪林、游国恩诸氏，因河神祀典而致疑于《河伯》一篇之时代及地区，游氏更致疑于《山鬼》一篇之本事，学者始从事于王《序》价值之重新估定。孙作云氏更着眼于《九歌》文句与汉《郊祀歌》十九章之异同，揆翳窥天，转而愈上。著者于此蓄疑有年，今因讲论之便，比次旧稿，略成条贯。以为《九歌》者，秦汉以来汾

　　　　　　　　　　　中国文学史导论

渭群巫丛祠旧曲，汉武帝采集而毕奏之，命以《九歌》旧名。刘向收入《楚辞》，王逸因而作序。历世渐远，昧其由来，遂以为屈原之作。兹申新证，以著于篇。

甲 《九歌》名原

九歌之名，始见于《山海经·大荒西经》，以为"夏后启上三嫔于天，得《九辩》《九歌》以下"。《天问》及《离骚》述其事，文字略同，《山海经·海外西经》则以所舞为《九代》，郭《传》引《竹书纪年》又以为《九韶》，而其属之夏后启则无异。其后传衍，遂以《九韶》为禹乐，《史记·夏本纪》从之。自《左传》季札观乐至《庄子·天下》篇遂有《大夏》之名，以为禹乐。《吕览·古乐》篇又称为《夏龠九成》。《周礼·钟师》既有《九夏》《大司乐》又有《九韶》，名义虽分，而称九无异，是虽传讹，犹未离其本也。

案夏即八佾，亦即万舞，此证以隐五年《左氏》《谷梁》两传而可知者。万舞以《诗·邶风·简兮》一篇所记为最详，夏舞以《礼记·明堂位》所记为最具，参互印证，足与《山海经》相发明也。《夏龠九成》亦即万舞九奏，《史记·赵世家》所记赵简子语，实有本原，非同妄作。总上诸证，知九招，九韶，九磬，九代，九夏，大夏，万舞，八佾，九辩，九变，九成，九奏，异名同实，皆从乐舞立名；独《九歌》之解，不得其传焉。

《左》文七年传，晋郤缺言于赵宣子，引夏书"劝之以《九歌》"，而以九功之德解之，盖已为晚出之义。若《左》昭二十年《传》晏子对齐景公，《左》昭二十五年《传》子太叔对赵简子，皆以五声六律七音八风与《九歌》相属为文，更与古义无关。《九歌》名义晦昧有年，偶因《离骚》而见珍于汉世，附会者因得以汾渭丛祠群巫旧曲当之耳。

乙 《楚辞》中之《九歌》

一、《楚辞》年历

以《九歌》属之屈原，在王逸《章句》以前绝无其说。自屈原被放，至王逸著书，其间相距四百三十余年，今本《楚辞》各篇，往往见诸史传，独《九歌》《九章》《九辩》，绝不见于记载，此研治文学史者所不能无疑也。今略次时序，以见《楚辞》各篇成文先后，因以明《九歌》《九章》《九辩》各篇之为晚世所辑而成焉。

公元前二九〇。顷　楚顷襄王九年辛未顷

屈原被放，作《离骚》，《天问》，《招魂》，《哀郢》及《怀沙》之赋。（据《史记·屈贾列传》）

其后一百十四年

公元前一七六。汉文帝四年乙丑

贾谊为长沙王傅，过湘水。投书以吊屈原。

邹阳，枚乘，严忌仕于吴王濞，旋去之梁。景帝三年十月，梁孝王来朝，司马相如亦客游梁。严忌《哀时命》约作于此时。

贾谊吊屈后三十七年

公元前一三九。汉武帝建元二年壬寅

淮南王安入朝，受诏作《离骚传》。

淮南小山作《招隐士》，东方朔作《七谏》，朱买臣言《楚辞》，约在此时。

其后四十年

公元前九九。汉武帝天汉二年壬午

司马迁下蚕室，作《史记》。《屈贾列传》曰："乃作《怀沙》之赋。"又曰："余读《离骚》，《天问》，《招魂》，《哀郢》，悲其志。"知此时尚无《九章》之目。

其后三十八年

公元前六一。汉宣帝神爵元年庚申

遣王褒求金马、碧鸡之神。

王褒《九怀》约作于此时。《九怀》实拟《九章》而为之，知《九章》之辑在此前。

九江被公召见诵《楚辞》，约在此时。

其后三十五年

公元前二六。? 汉成帝河平三年乙未

刘向校书天禄阁，集《楚辞》为十六卷，又自为《九叹》，附于卷中。《九歌》《九辩》当辑于此年间。

其后一百零五年

公元七九。汉章帝建初四年己卯

诸儒会白虎观，议五经同异。班固，贾逵各作《离骚经章句》，约在此时。

其后十三年

公元九二。汉和帝永元四年壬辰

班固卒。固所为《汉书·艺文志·诗赋略》，踵《七略》著录屈原、唐勒、宋玉诸家赋。知刘向十六卷本《楚辞》为别行之书。

其后五十年顷

公元一四〇。顷 汉顺帝永和汉安中

王逸为侍中，著《楚辞章句》十六卷，又附自作《九思》一篇，为十七卷。传于今。

综计自屈原被放，至王逸著书，其间约略四百三十年。《九歌》《九章》《九辩》之辑成，当在公元前一三九至前二六之百余年中，考证者当于此求之。

二、燕齐方士与秦汉丛祠

所以置《九歌》于此百余年中而考其内容者，则以《九歌》所祠神名多见于汉高祖所置长安祠祝官女巫，而"九歌毕奏"之文又见于汉武帝《郊祀歌》十九章之故也。于此试约略检索两汉祠祀之沿革：

初秦自文公至献公作五畤，汉高帝又立北畤，而五帝之祀具。始皇二十八年，东巡海上，礼祀名山大川及八神，而山川以殽、华为东西之界，雒有丛祠百余。汉高帝六年，大卜已定，诏御史令谨治枌榆社，长安置祠祝官女巫，有梁，晋，秦，荆，九天，河，南山巫之目。其晋巫所祠有东君，云中君，司命。荆巫亦祠司命。河巫祠河于临晋。此皆见于《楚辞·九歌》，而不见于楚祀，此大可注意者也。

自汉武帝信方士言，始祠太一，《九歌》所谓东皇太一者也。更武帝世凡三变：初从亳人谬忌方，祠太一于长安东南郊。其后有人上书，言古者天子祠"三一"，所谓天一，地一，太一，帝又从之。元狩三年，以齐人少翁言，初作甘泉宫，中为台室，画天地太一诸鬼神，而致祭具，以致天神。祠太一于甘泉自此始。五年，以游水发根言，置酒寿宫神君，神君最贵者太一，其佐曰大禁，司命之属。太一之祠，至此凡三变矣。元鼎五年，于甘泉立太一祠坛。六年，祷祠太一后土始用乐，《郊祀歌》之制作自此始。所谓"《九歌》毕奏斐然殊"，盖兴于此时。自后宣成两世，诸祠祀兴废不常，哀帝时尽复诸祠，凡七百余所。比于武宣之世，犹为不逮。故考汉世祠祀，宜特详于武帝甘泉也。

三、甘泉祠仪及其乐章

（一）甘泉竹宫与太一坛

甘泉宫本秦故宫名，汉武帝建元中增广之。元狩三年，拜齐人少翁为文成将军，始作太一坛于甘泉宫。元鼎五年冬十月，行幸雍，祠五畤。幸甘泉，令祠官宽舒等具泰一祠坛，放薄忌太一坛。坛三垓，五帝坛环居其下，各如其方，黄帝西南。除八通鬼道，其下四方地为醊食群神从者及北斗。此其制为光武建武二年洛阳南郊制之所本。据《补后汉书·祭祀志》：三垓之坛，各有四门。中营门五十六神，又封神四，祀五星及中宫宿，五官神，及五岳之属。外营门一百八神，又封神四，祀二十八宿，外宫星，雷公，先农，风伯，雨师，四海，四渎，名山，大川之属。总六百八十八神。此其制与后世道教斗坛不甚相远，犹可想见甘泉太一坛之仿佛。《郊祀歌》之天门，五神，盖皆非虚歌灵异也，而九歌诸星宿与山川之神，亦具于此云。

《汉书·礼乐志》曰："以正月上幸，用事甘泉圜丘，使童男女七十人俱歌，昏祠至明。夜常有神光如流星，止集于祠坛。天子自竹宫而望拜。百官侍祠者数百人，皆肃然动心焉。"《三辅黄图》云："竹宫，甘泉祠宫也。以竹为宫，天子居中。《汉旧仪》云：竹宫去坛三里。"案自元鼎五年立甘泉太一祠坛，仅元鼎六年及元封二年祠祀两次，天子又自竹宫而望拜，则武帝之于太一坛内情状，或尚不如吾人所知之多也。

（二）壁画及巫祝

今案甘泉太一坛之祠祀，纯为楚风，有二事可证：一曰以画易尸，二曰以巫易祝。

古者北方祭皆用尸，《庄子·在宥篇》所谓"尸居而龙见"是也。汉高帝诏天下立灵星祠，以祀后稷，仍用尸，《淮南·主术训》可证。楚俗则以画像易尸，《天问》："白蜺婴茀，胡为此堂？"《招魂》："像设君室，静闲安些。"

可证。甘泉台室，画天地泰一诸鬼神，此楚俗也。画像之事，于此滋多，金日䃅母及李夫人皆图画于甘泉宫，霍光等十一人则图于麒麟阁，郡府听事壁亦有诸尹画赞。以此推之，天马，宝鼎，芝草，景星，皆以画于甘泉宫而始播之《郊祀歌》也。

有尸则必有祝，故古者尸祝恒连文，然有巫则尸祝皆可省。或巫祝并用，则楚俗为盛。凡巫皆老母为之，故称"伛巫"；其在男则称觋，例以跛尪者为之，故称"跛觋"。（见《荀子·大略》《王制》）巫可以祝福人，（见《韩非子·显学》）亦可以诅咒人，（见《汉书·广陵厉王胥传》）亦可以下鬼神；（见《汉书·广陵厉王胥传》）然为禳祀之故，亦可以遭焚暴。（见《礼记·檀弓》及《左》僖二十一年传）巫之下神必以歌舞，（见《说文》及王逸《〈楚辞章句〉序》）其事以夜为神，（见扬子《法言·问明篇》）其人以独语为神，（见《潜夫论·巫列篇》）而楚俗为甚。（见《国语·楚语》《吕览·异宝篇》《列子·说符篇》《淮南·人间训》）甘泉祠坛之以画易尸，则其用巫可知，此汾渭群巫所以得厕入也。

　　　　　　　中国文学史导论

（三）祝飨词与《郊祀歌》

汉郊祀用乐始于武帝元鼎六年，在此前皆用祝飨。五帝时本祠官所领，疑《郊祀歌》十九章中青阳，朱明，西颢，玄冥本皆祝飨词，其后乃附以邹子乐。《史记·封禅书》：元封二年冬郊雍五帝，还，拜祝祠太一，仍用赞飨词。其文为四言六句，与青阳等之四言十二句体同，可证也。今《郊祀歌》十九章，《惟泰元》之上半十二句，《天地》之四言十二句，皆作于元朔五年顷。《惟泰元》之下半十二句，作于元狩三年。《帝临》《景星》首之四言八句，《后皇》，作于元鼎四年。其始盖皆赞飨词也。（此别有说）《朝陇首》《华晔晔》《天马》《五神》，皆高祖大风之体，《日出入》则乐府词，皆作于元鼎六年前。是知元鼎六年之郊祀用乐，非即作十九章之歌，而别有在。《史记·封禅书》："其春（元鼎六年），既灭南越，上有嬖臣李延年，以好音见，上善之。下公卿议曰：民间祠尚有鼓舞乐，今郊祀而无乐，岂称乎？……于是赛南越，祷祠太一后土，始用乐舞。"《乐书》："至今上即位，作十九章，令侍中李延年次序其声，拜为协律都尉。"《汉书·礼乐志》："至武帝定郊祀之礼，……乃立乐府，采诗夜诵，有赵代秦楚之讴。（《艺文志·诗赋略》：自孝武立乐府而采歌谣，于是有代赵之讴，秦楚之风。）以李延年为协律都尉，多举司马相如等数十人造为诗赋，略论律吕以合八音之调，作十九章之歌。"综上言之，郊祀用乐始感于民间祠之有鼓舞乐，乃采诗夜诵，遂有代赵之讴，秦楚之风。此其所采之民间祠乐，即《郊祀歌·天地》篇中所谓："千重罗舞成八溢，合好效欢虞泰一。《九歌》毕奏斐然殊，鸣琴竽瑟会轩朱。"者也。亦即《景星》篇所谓："杂变并会，雅声远姚。"者也。此之《九歌》，当即今本《楚辞》之《九歌》，其结集与命名，盖起于同时。（说见下）而十九章之在元鼎六年前，盖仅有《惟泰元》等十一篇及《青阳》等四篇，合十五篇。元鼎六年李延年弦次祠诗，乃有《天地》下半之七言十四句，《景星》下半之四言四句及七言十二句，又作《练时日》，《赤蛟》两篇为迎送神曲，此最初之十九章也。此后元封元年有《芝房之歌》，太初四年有《西极天马之歌》，太始三年有《赤雁之歌》，（《天门》当亦作于此时）本不在十九章之内。其后乃并合之，以就十九章之目，故天地，景星，前后文体不一也。以十九章之结集推《九歌》之结集，以十九章之内容校《九歌》之内容，实可彼此互明。兹更就《九歌》所祠鬼神，论其性质及地域。

中国文学史导论

四、论《九歌》所祠鬼神

（一）东皇太一

太一一名，初见《韩非子·饰邪篇》，与五行，六神，岁星等并列。案《晋书·天文志》：太一一星，天地之臣也。主使十六神，知风雨水旱兵革饥馑疾疫。薄忌所祠太一，即此太一。《郊祀歌》中《惟泰元》上半十二句，所叙神功，与《晋志》合。元狩五年置酒寿宫神君，神君最贵者太一，其佐大禁司命之属，……天子祓然后入。此《九歌》之东皇太一也。其曰"浴兰汤兮沐芳"，则祓然后入也。（今本《九歌》标题有错简，说见下。）其曰"蹇将憺兮寿宫"，则神君之寿宫也。（案寿宫本齐宫名，历桓公至景公皆居之。见《吕览·知接篇》《晏子春秋·谏上》，《说苑·贵德篇》。此当出于齐方士）元鼎五年于甘泉立太一祠坛，坛三垓，五帝坛环居其下，各如其方。……太一祝宰则衣紫及绣，五帝各如其色。此三一坛也。（案天一六星名，在太一相近，见《晋书·天文志》，惟地一则方士妄造者耳）《郊祀歌·天地》之四言十二句，即颂其事，所谓"天地并况""爰熙紫坛""黼绣周章"

者是也。据此则《九歌》之《东皇太一》，其制作殆与《郊祀歌》同时，而文体不同于《郊祀歌》者，或多因依于巫歌旧曲，故各篇自为风格，不甚相远也。

太一意义之转变，盖由于道家，《庄子·天下篇》可证也。《淮南》则两存其说，《天文训》之太一，星家言也，《本经训》之太一，道家言也。然自此以后，阴阳家遂以太乙代太一，自《易乾凿度》至于今不废。

太一而冠以东皇者，东皇对西皇而言。《离骚》《远游》两言西皇，盖五帝之祀本属楚风，（见《九章》《惜诵》）而行于齐。（楚巫风入齐见《晏子春秋·谏上第一》）太一之祀，本为齐方士所传，数典不忘祖，故于祀太一，遂兼祀东皇也。

（二）云中君

旧说云中君为云神，亦或以为云梦之神，案二说皆非也。云神名丰隆，见《离骚》及《九章·思美人》。旧有丰隆之祀，见《韩非子·饰邪篇》。不应此独改易旧名，又独属晋巫。云梦之称云中，证见左定四年五年《传》，似较旧说为长，然其文曰："览冀州兮有余"，古义"两河之间曰冀州"，亦或曰："河内为冀州"，自《尔雅》《周官》《逸周书》《吕览》《说苑》无异词。（惟《淮南·地形训》不同，不足据）于两河之间而觅云中，惟云中郡之云中耳。盖云中者，战国时秦与燕赵兵争之地，《国策·赵策》《燕策》可证也。"赵武侯自五原河曲筑长城，东至阴山。又于河西造大城一，箱崩不就。乃改卜阴山河曲而祷焉。书见群鹄游于云中，徘徊经日，见大光在其下。武侯曰：此为我乎？乃即于其处筑城，今云中城是也。"（见《水经·河水注》引《虞氏地记》）云中君者，云中之神，亦犹镐池君，其得名与武安君，平原君为类。秦晋本皆患胡，故晋巫独祠云中君。其神为大光，状貌不可知，故其文仅曰："皇皇既降""远举云中"耳。

（三）湘君湘夫人

旧说湘君湘夫人为尧之二女，舜之二妃；（《史记·秦始皇本纪》）亦或以湘君为舜，湘夫人为舜妻，（《史记》司马贞《索隐》，《列女传》，《论衡·书虚篇》）案二说皆非也。《史记·秦始皇本纪》："三十七年十一月，行至云梦，望祀虞舜于九嶷山"，是舜本有祀望，《檀弓》《离骚》可证，是湘君非舜甚明。谓尧女舜妻者：《山海经》中次十二经："洞庭之山，……帝之二女居之，是常游于江湖，……

出入必以飘风暴雨"，《水经注·湘水》："湖中有山曰君山……是山湘君之所游处，故曰君山矣"。帝之二女非必即尧之二女，又尧之二女本有庙，在黄陵，距君山甚远。今案《湘君》《湘夫人》之文，其祠祀之地当在君山，非在黄陵。是别为二神，始皇博士妄传之尧女舜妻耳。

难者曰：《湘夫人》之文曰："九嶷缤其并迎"，设非尧女，何劳舜迎？答曰：九嶷亦有神，而非舜也。《离骚》："巫咸将夕降兮，怀椒糈而要之。百神毕其备降兮，九嶷缤其并迎"，不得云舜迓百神也。《郊祀歌·华晔晔》，亦曰："九嶷宾，夔龙舞"，知为巫歌恒语，不足为秦博士张目也。

又案《湘君》《湘夫人》实一歌之上下篇，分写别行，昧者遂以上篇题为《湘君》，下篇题为《湘夫人》，有若两属者，此其辨下文详之。

（四）大司命少司命

《史记·封禅书》：晋巫有司命，荆巫亦有司命。戴震《屈原赋注》："三台上台曰司命，主寿夭，《九歌》之大司命也。文昌宫四曰司命，主灾祥，《九歌》之少司命也。"案戴说是也。司命之祀甚古，《周礼·大宗伯》《礼记·祭法》皆著之。应劭《风俗通义》云："今民间独祀司命，刻木长尺二寸，为人像，行者担箧中，居中别作小屋。齐地大尊重之，汝南余郡亦多有。皆祠以腊，率以春秋之月"。今案《大司命》之文曰："踰空桑兮从汝"，《太平寰宇记》："今河南杞县西有空桑城"，又曰："乘清气兮御阴阳"，此用《庄子·天运篇》之文。意者大司命本荆巫所祠而传于齐，故于寿宫神君为太一之佐。至《少司命》之文曰："与汝游兮九河"，其为晋巫所祠甚明。分题大、少者，并合《九歌》者所为耳。

（五）东君

《博雅》："朱明，耀灵，东君，日也。"解《楚辞》者总据以为说，然于他书绝无佐证，疑《博雅》依王逸《九歌章句》而存此训耳，不足以反证王说之有据。案日御在古曰羲和，无祀。秦汉日祀有二：一为八神之一，曰日主，祠成山，成山斗入海中，最居齐东北隅，以迎日出入。雍丛祠百余庙中亦有日月参辰。汉《郊祀歌》有《日出入》，其祠不在成山，当即雍丛祠之日祀也。甘泉祝宰有日月之祝，其服日赤月白，此即歌日出入时之祝宰也。然则东君将何属乎？今案《东君》之文曰："暾将出兮东方"，又曰："灵之来兮蔽日"，皆与颂日神功德不类。又曰："青云衣兮白霓裳"，亦与祝宰之衣赤者不合。然则东君竟非日也。

今案《东君》之文曰："举长矢兮射天狼"，又曰："操余弧兮反沦降，援北斗兮酌桂浆，此其颂神功德甚明具。案《晋书·天文志》："狼一星，在东井南。狼为野将，主侵掠，色有常，不欲动也。"又曰："弧九星，在狼东南，天弓也。主备盗贼，常向于狼。弧矢移动不如常者多盗贼，胡兵大起。狼弧张，害及胡，天下乖乱。"又案《晋·天文志》："自东井十六度，至柳八度为鹑首，于辰在未，秦之分野，属雍州。"又曰："东井舆鬼秦雍州，云中，定襄，雁门，代郡，太原，当属之。"今案此数郡本皆患胡，故于天狼深致其疾恶。又《东君》之文曰："思灵保兮贤姱"，灵保即巫保，于封禅书为秦巫所祠，而东君又属晋巫。综合观之，其为秦晋祀星之祭甚明，绝与日神无关，可断言也。

然则东君究为何神乎？案《晋·天文志》引京房《风角书》曰："天枪，天根（当为狼），天荆（当为刑），真若，天猿，天楼，天垣，皆岁星所生也。见以甲寅，其星咸有两青方在其旁。"然则东君者岁星也。雍本有五星之庙，自秦以来祀之。而天狼为岁星之所生，祀岁星则于秦晋为尤吉。故岁星虽在东，主齐吴，亦遥祀之。故于《东君》之文，始则曰"暾将出兮东方"，终则曰"杳冥冥兮以东行"也。

然则何以不称岁星而曰东君？东君者与北君为类，（北君见《潜夫论·巫列篇》《水经·河水注》）盖当时巫祝之恒语。五星各以其方名君，而西南之君无闻者，则以秦晋燕赵祀星较虔之故欤？

（六）河伯

河伯本古诸侯，（见《水经·洛水注》引《竹书纪年》，《初学记》二十引《归藏》，《山海经·大荒东经》注引《竹书纪年》，《天问》，《淮南子》）其后渐为神话中人物，（《山海经·大荒东经》）而名曰冯夷，冰夷，无夷。（《庄子·大宗师》，《淮南·齐俗训》，《山海经·海内经北经》，《穆天子传》）春秋之世，秦晋祀河最虔。（《左》文十二年、襄十八年传）楚先世亦祀河而不虔，（《左》僖二十八年、宣十二年传）楚昭王后遂不祀河。（《左》哀六年传）齐景公欲祠河伯，而晏子谏止之，（《晏子春秋·谏上第一》）知齐本不祀河也。盖河祀多在上游，而祭仪则沉玉，至汉武时犹然。

以人祭河，盖起自战国。秦，（《史记·六国表》："秦灵公八年，城堑河濒，初以君主妻河。"）魏，（褚少孙补《史记·滑稽列传》，西门豹治邺事）楚，（《庄子·人间世》："人有①痔疾者不可以适河。"司马彪注："谓沉人于河以祭。"）皆有之。汉初犹不绝，（《淮南子·说山训》："生子而牺尸祝齐戒以沉诸河，河伯岂羞其所从出，辞而不享哉？"）秦始皇祠河于临晋，汉高帝时仍之，其巫则河巫也。今案河伯无沉玉之文，而有媵女之辞，其为秦巫之辞明甚。其时代最早不在秦灵公八年以前，最晚可能在高惠文景之世。

（七）山鬼

《礼记·王制》："天子祭天下名山大川，诸侯祭名山大川之在其地者。"春秋之世，泰山为鲁望。其祀亦传于卫晋。（《韩非子·十过篇》师旷语）其神为二丈夫，（《晏子春秋·谏上》）而齐人不祀也。秦人则以华山为神。（《韩非子·外储说左上》）《庄子·逍遥游》则有藐姑射山神人之说。秦并祠天下名山大川，自崤以东名山五，华以西名山七。汉武帝祭皋山武夷，又祭太室。终武帝之世，凡八祠泰山，一

---

① 原刊误作"间"。

幸恒山。汉以前山祀之见于载籍者概如此。然则《九歌》之山鬼究为何山之鬼乎?

近人有以巫山神女当《九歌》之山鬼者,似是而实非也。兹举二证,以明其误。一曰宋玉《高唐》《神女赋》本汉人伪作。案题名宋玉赋者今存十二篇:《九辩》《招魂》见《楚辞》。《风赋》《高唐赋》《神女赋》《登徒子好色赋》《对楚王问》见《文选》。《大言赋》《小言赋》《讽赋》《钓赋》《笛赋》见《古文苑》。另《高唐对》残文二段,一见《御览》三百九十九引《襄阳耆旧记》。一见《文选》江淹《杂拟潘黄门述哀诗》注引《宋玉集》,文字小异。此其真伪杂糅,改易窜乱,有不可究诘者。姑以《高唐》《神女》两赋论之,《高唐赋》与《序》本非一事,《神女赋》又承《〈高唐赋〉序》而来,而《〈高唐赋〉序》又因袭《高唐对》而为之,与不得已,《高唐对》犹为近古。案《高唐赋》本以状山,《序》乃传以神女之事,其文曰:"有方之士,羡门高豀……醮诸神,礼太一。"其为汉武时人语甚明。盖本有《高唐对》旧文,黠者乃篡为二赋;而《山鬼》之文,实与《高唐对》不合,不得据以为巫山之鬼也。二曰巫山本有神孟涂,见《山海经》《汉书·广陵厉王胥传》:"胥多赐女须钱,使祷巫山。"此其所祷,必孟涂而非神女,可断言也。然则山鬼定非巫山神女，亦非孟涂，盖可知矣。

案山鬼一名，惟见《史记·秦始皇本纪》。三十六年秋，使者于华阴平舒道得璧以献始皇，具言其事，"始皇默然良久曰：山鬼固不过知一岁事也"。则山鬼本秦人恒语。而秦人夙以华山为神，（《水经·渭水注》引《春秋后传》，演此文，称华山君使，）《山海经·中山经》曰："又东十里曰青要之山，……? 武罗司之，其状人面而豹文，小腰而白齿，而穿耳以锯，其鸣如鸣玉。"又曰："又东二十七里曰堵山，神天愚居之，是多怪风雨。"今案《山鬼》之文曰："若有人兮山之阿"，则言其人面也。曰"乘赤豹兮从文貍"，则言其豹文也。曰："子慕予兮善窈窕"，则言其小腰也。曰："既含睇兮又宜笑"，则言其白齿也。（《大招》：靥辅奇牙，宜笑嫣只）曰："杳冥冥兮羌昼晦，东风飘兮神灵雨"，则言其多怪风雨也。盖山鬼者，首阳以迄华山山神之总称，（《山海经·中山经》：魖，山帝也。毕沅注：青要之山在今河南新安县西北二十里。）而秦人特指华山耳。难者曰：山鬼之文曰："猿啾啾兮狖夜鸣"，设非巫山，安有猿狖？答曰：刘向《请雨华山赋》曰："母猴猿木，手相持"知华山古亦有猿狖，非必巫山也。自汉武帝于华山造集灵宫，怀集仙者王子乔，（《艺文类聚》七十八引桓谭《仙赋》）而山鬼之祀微矣。

（八）国殇

　　国殇者，以祀秦楚之际巨鹿武关战死秦将士，而以二世皇帝为之首也。知者：《国殇》之文曰："操吴戈兮被犀甲"，《荀子·议兵篇》曰："楚人蛟革犀兕以为甲，鞈如金石"，是则吴楚之军也。又曰："带长剑兮挟秦弓"，是则秦军也。秦楚构兵而丧师，唯巨鹿之战耳。又曰："身既死兮神以灵，子魂魄兮为鬼雄。"案《史记·秦二世本纪》："沛公将数万人已屠武关，……二世自杀，以黔首葬二世杜南宜春苑中。"《封禅书》曰："秦巫祀南山秦中，秦中者，二世皇帝。"《汉书·郊祀志》张晏曰："以其彊死，魂魄为厉，故祠之。"然则《国殇》者，南山秦巫之辞也。盖秦之覆亡，六国遗民之所喜而秦人之所悲，故以巨鹿之战拟崤之战，其曰："出不入兮往不返"，则拟蹇叔哭师之词也。难者曰：于汉世而眷眷于亡秦之君，不几于触忌欤？答曰：秦巫于汉初置祠，逮于武帝不废，司马相如亦有《哀二世赋》，则汉世不以此为嫌，故其巫辞得蒙采录耳。

附论：《礼魂》

《礼魂》一本作《祀魂》，或曰礼魂谓以礼善终者，皆非也。礼魂与招魂为对文，招魂为迎神，则礼魂为送神也。知者：旧本自东皇太一至国殇上皆有"祠"字，独此篇无，是非祠善终之鬼明甚。或集《九歌》者乃始为之，以为曲终之奏，亦《郊祀歌·赤蛟》之比耳。然春兰秋菊故齐人语，《管子·轻重》甲篇：管子请桓公立五厉之祭，而曰："春献兰，秋敛落"，是其证。然则《九歌》者，其齐方士之所结集欤？

五、《九歌》之结集及"毕奏"

综上所考，《九歌》所祀之神，属楚者三：湘君，湘夫人，少司命。属秦者三：东君，山鬼，国殇。属晋者三：云中君，河伯，大司命。属齐者一：东皇太一。此其非尽在"楚国南郢之邑，沅湘之间"，彰彰明甚。其非屈原所作，亦不待博辩而可知。盖自汉高祖六年在长安立祠祝官女巫，而六国群巫萃于汾渭，乐神歌曲，本有流传。迨武帝元鼎六年采诗夜诵，而民间祠之鼓舞乐，萃于乐府。集而歌之者李延年，整齐而润饰之者齐方士，以《九辩》《九歌》之名见于《离骚》《天问》，遂独取九篇而名之《九歌》以配享太一。故《九歌》之数，当以"吉日良辰"，"成礼会鼓"为迎送神曲，而以东皇太一为主神，《郊祀歌》所谓"合好劝欢虞泰一"者也。《云中君》《湘君》《湘夫人》《大司命》《少司命》《东君》《河伯》《山鬼》《国殇》九篇，乃其所谓《九歌》，《郊祀歌》所谓"《九歌》毕奏斐然殊"者也。《汉书·礼乐志》举赵代秦楚之讴而不及齐，明此九篇为群巫旧曲，而迎送神曲及《东皇太一》乃结集时齐方士所补撰而成者也。

丙　《九歌》读法试探

一、祠仪之具省

凡祭仪必始于迎神，中于娱神，终于送神。此南北之所同，而巫歌之繁者，乃具备三仪，省者但存一二而已。《九歌》各曲本皆独立为篇，故每篇自成章法，其三仪具备者唯《东君》一篇，《云中君》《河伯》与之为类。若《东皇太一》《湘君》《湘夫人》《大司命》《少司命》《山鬼》《国殇》各篇，但有迎神而无送神，盖巫歌久已断章为用。亦犹《庄子·天运》，必具巫咸之答乃为具文，而《楚辞·天问》但具问辞而已。准此，知《招魂》篇末强楚大夫所为云梦从菟赋以为乱辞，亦系巫歌之变通，而非祭仪之恒轨。迨集《九歌》者别以吉日成礼两篇为迎送神曲，遂若中间各篇仅为正文者然，此则稽古之迹也。

二、乐章之组织

孔子称"《关雎》之乱"，明二南之为南音，盖惟楚声始有乱也。有乱则必有艳歌。持此以读《九歌》，则可注意者惟《湘君》《湘夫人》《少司命》而已。《湘君》自"捐余玦兮江中"以下，与《湘夫人》结尾文义全同，惟略易数字而已。盖两篇本为一篇之前后幅，所共迎者为湘君与湘夫人，上篇迎而未至，下篇重迎乃来，乐曲中有间歇，乃以同一乱辞为煞尾。至于《少司命》，仅"廻风""云旗""帝郊""云际"，与"孔盖翠旍"四句，与祀神有关，余者乐曲恒语，"九河""冲风"更与河伯用语全同，此其用殆与艳歌无异。此三曲本属荆巫，故特著南音色彩，余篇无是，则以其为齐秦赵代之风故也。

三、四言与三言

《九歌》之文，王逸以为"章句杂错"；然细审之，则唯三言，四言，杂言三类而已。四言源出《诗》颂。犹存北方文学旧型，《东皇太一》《云中君》《大司命》，……及吉日，《礼魂》各篇，去其句中兮字及句首衬字，皆整齐之四言，明此数篇为齐晋巫歌，但略被楚风影音而已。三言与《郊祀歌·天马》诸篇为类，亦即高祖《大风》，项籍《垓下》之体，此源于楚风而小变，《山鬼》《国殇》属之，此秦风也。独《湘君》《湘夫人》《少司命》《东君》《河伯》各篇，错综三言四言，曼衍其辞，哲与《离骚》为近，此真"楚辞"也。大抵楚风北渐，齐晋皆有取资，而旧规未能尽革，故《九歌》之文，于统一色采中仍保有其本来之各别面目如此。

四、独白与对话

巫之降神，有一人独语以为神者，《潜夫论·巫列篇》："若乃巫觋之谓独语，小人之所望畏"是也。亦有巫祝双舞者，《山海经·中山经》："䰠，山帝也。其祠羞酒太牢，其合巫祝二人舞。"今案《山鬼》之文，非视为巫祝对语，则"予，我，君，子"诸句主决不可通。持此意以遍读《九歌》各篇，则《东皇太一》《云中君》《湘君》《湘夫人》，……《礼魂》，皆巫之独语也；《大司命》《少司命》《东君》《河伯》《山鬼》《国殇》，皆巫祝之对语也。凡旧解之不可通者，依此读之，皆怡然理顺。而《大司命》

之"老冉冉兮既极，不寖近兮愈疏"，明为祝宰乞寿之文，亦不必属之屈原矣。

今据上文所考，重为写定《九歌》之文，正其错简，厘其乐章，别其句式，析其对语，使纲目昭然，文从字顺，好古君子，倘有取于此云。

九歌

吉日兮辰良，穆将愉兮上皇。

抚长剑兮玉珥，璆锵鸣兮琳琅。

瑶席兮玉镇，盍将把兮琼芳。

蕙者蒸兮兰藉，奠桂酒兮椒浆。

扬枹兮拊鼓，疏缓节兮安歌，陈竽瑟兮浩倡。

灵偃蹇兮姣服，芳菲菲兮满堂。

五音纷兮繁会，君欣欣兮乐康。

（右一篇迎神之歌，旧佚其题）

东皇太一（此题旧在篇前，与余篇不同）

浴兰汤兮沐芳，华采衣兮若英。

灵连蜷兮既留，烂昭昭兮未央。

蹇将憺兮寿宫，与日月兮齐光。

龙驾兮帝服，聊遨游兮周章。

（右一篇《东皇太一》本辞，旧误与下《云中君》混为一篇）

灵皇皇兮既降，猋远举兮云中。

览冀州兮有余，横四海兮焉穷。

思夫君兮太息，极劳心兮忡忡。

——云中君（自此以下，皆题在篇后）

君不行兮夷犹，蹇谁留兮中州。

美要眇兮宜修，沛吾承兮桂舟。

令沅湘兮无波，使江水兮安流。

望夫君兮未来，吹参差兮谁思。

驾飞龙兮北征，邅吾道兮洞庭。

薜荔柏兮蕙绸，荪桡兮兰旌。

望涔阳兮极浦，横大江兮扬灵。

扬灵兮未极，女婵媛兮为余太息。

横流涕兮潺湲，隐思君兮陫侧。

桂櫂兮兰枻，斫冰兮积雪。

采薜荔兮水中，搴芙蓉兮木末。

心不同兮媒劳，恩不甚兮轻绝。

石濑兮浅浅，飞龙兮翩翩。

交不忠兮怨长，期不信兮告余以不闲。

鼌骋骛兮江皋，夕弭节兮北渚。

鸟次兮屋上，水周兮堂下。

（以下乱辞）

捐余袂兮江中，遗余佩兮醴浦。

采芳洲兮杜若，将以遗兮下女。

时不可兮再得，聊逍遥兮容与。

——湘君湘夫人（此为上篇，

旧误以《湘君》与《湘夫人》两属）

帝子降兮北渚，目眇眇兮愁予。

袅袅兮秋风，洞庭波兮木叶下。

白蘋兮骋望，与佳期兮夕张。

鸟萃兮中，罾何为兮木上。

沅有茝兮醴有兰，思公子兮未敢言。

荒忽兮远望，观流水兮潺湲。

麋何食兮庭中，蛟何为兮水裔。

朝驰余马兮江皋，夕济兮西澨。

闻佳人兮召余，将腾驾兮偕逝。

筑室兮水中，葺之兮荷盖。

荪壁兮紫坛，采芳椒兮成堂。

桂栋兮兰橑，辛夷楣兮药房。

罔薜荔兮为帷，擗蕙櫋兮既张。

白玉兮为镇，疏石兰兮为芳。

芷葺兮荷屋，缭之兮杜衡。

合百草兮实庭，建芳馨兮庑门。

九嶷缤兮并迎，灵之来兮如云。

（以下乱辞）

捐余袂兮江中，遗余褋兮醴浦。

搴汀洲兮杜若，将以遗兮远者。

时不可兮骤得，聊逍遥兮容与。

——湘君湘夫人（此为下篇）

广开兮天门，纷吾乘兮玄云。

令飘风兮先驱，使冻雨兮洒尘。（巫倡）

君廻翔兮以下，逾空桑兮从女。（祝倡）

纷总总兮九州，何寿夭兮在予。（巫答）

高飞兮安翔，乘清气兮御阴阳。

吾与君兮齐速，导帝之兮九坑。（祝倡）

灵衣兮被被，玉佩兮陆离。

壹阴兮壹阳，众莫知兮余所为。（巫答）

折疏麻兮瑶华，将以遗兮离居。

老冉冉兮既极，不寖近兮愈疏。（祝倡）

乘龙兮辚辚，高驼兮冲天。（巫倡）

结桂枝兮延伫，羌愈思兮愁人。

愁人兮奈何，愿若今兮无亏。（祝倡）

固人命兮有当，孰离合兮可为。（巫答）

——大司命

秋兰兮蘼芜，罗生兮堂下。

绿叶兮素枝，芳菲菲兮袭予。（巫倡）

夫人自有兮美子，荪何以兮愁苦。（祝答）

秋兰兮青青，绿叶兮紫茎。

满堂兮美人，忽独与余兮目成。

入不言兮出不辞，乘廻风兮载云旗。

悲莫悲兮生别离，乐莫乐兮新相知。（巫倡）

荷衣兮蕙带，倏尔来兮忽而逝。

夕宿兮帝郊，君谁须兮云之际。（祝倡）

与女游兮九河，冲风至兮水扬波。

与女沐兮咸池，晞女发兮阳之阿。

望美人兮未来，临风恍兮浩歌。（巫倡）

孔盖兮翠旌，登九天兮抚彗星。

竦长剑兮拥幼艾，荪独宜兮为民正。（祝倡）

——少司命

暾将出兮东方，照吾槛兮扶桑。

抚余马兮安驱，夜皎皎兮既明。

驾龙辀兮乘雷，载云旗兮委蛇。

长太息兮将上，心低徊兮顾怀。

羌声色兮娱人，观者憺兮忘归。（巫倡）

緪瑟兮交鼓，箫钟兮瑶簴。

鸣篪兮吹竽，思灵保兮贤姱。

翾飞兮翠曾，展诗兮会舞。

应律兮合节，灵之来兮蔽日。（祝倡）

青云衣兮白霓裳，举长矢兮射天狼。

操余弧兮反沦降，援北斗兮酌桂浆。

撰余辔兮高驼翔，杳冥冥兮以东行。（巫答）

——东君

与女游兮九河，冲风起兮横波。

乘水车兮荷盖，驾两龙兮骖螭。

登昆仑兮四望，心飞扬兮浩荡。

日将暮兮怅忘归，惟极浦兮寤怀。（巫倡）

鱼鳞屋兮龙堂，紫贝阙兮朱宫，灵何为兮水中。

乘白鼋兮逐文鱼，与女游兮河之渚，流澌纷兮将来下。

子交手兮东行，送美人兮南浦。

波滔滔兮来迎，鱼隣隣兮媵予。（祝答）

——河伯

若有人兮山之阿，被薜荔兮带女罗。

既含睇兮又宜笑，子慕予兮善窈窕。

乘赤豹兮从文狸，辛夷车兮结桂旗。

被石兰兮带杜衡，折芳馨兮遗所思。

余处幽篁兮终不见天，路险难兮独后来。

表独立兮山之上，云容容兮而在下。

杳冥冥兮羌昼晦，东风飘兮神灵雨。

留灵修兮憺忘归，岁既晏兮孰华予。（巫倡）

采三秀兮于山间，石磊磊兮葛蔓蔓。

怨公子兮怅忘归，君思我兮不得闲。

山中人兮芳杜若，饮石泉兮荫松柏，君思我兮然疑作。

雷填填兮雨冥冥，猿啾啾兮又夜鸣。

风飒飒兮木萧萧，思公子兮徒离忧。（祝答）

——山鬼

操吴戈兮被犀甲，车错毂兮短兵接。

旌蔽日兮敌若云，矢交坠兮士争先。

凌余阵兮躐余行，左骖殪兮右刃伤。

霾两轮兮絷四马，援玉枹兮击鸣鼓。

天时坠兮威灵怒，严杀尽兮弃原野。（巫倡）

出不入兮往不反，平原忽兮路超远。

带长剑兮挟秦弓，首身离兮心不惩。

诚既勇兮又以舞，终刚强兮不可凌。

身既死兮神以灵，子魂魄兮为鬼雄。（祝答）

——国殇

中国文学史导论

成礼兮会鼓，传芭兮代舞，姱女倡兮容与。

春兰兮秋菊，长无绝兮终古。

———礼魂（右一篇送神之歌，从旧题）

三十一年九月十六日写成于昆明

附　闻一多：《什么是九歌》（节略）[①]

一、神话的《九歌》

传说中《九歌》本是天乐，赵简子梦中升天所听到的"广乐九奏万舞"即《九歌》与配合着《九歌》的韶舞。（《离骚》，"奏《九歌》而舞韶兮"）《九歌》自被夏后启偷到人间来，一场欢宴，竟惹出五子之乱而终于使夏人亡国。这神话的历史背景大概如下。《九歌》韶舞是夏人的盛乐，或许只祭上帝时方能使用。启曾奏此乐以享上帝，即所谓"钧台之享"。正如一般原始社会的音乐，这乐舞的内容大概相当猥亵。只因原始生活中宗教与性爱颇不易分，所以虽猥亵而仍不妨其为享神的乐。也许就在那次郊天的大宴享中，启与太康父

[①] 本文选自《恬庵语文论著甲集》，（台湾）香港书店1973年版。

什麼是九歌（節略）　　　　　聞一多

一、神話的九歌

傳說中九歌本生天樂，趙簡子夢中升天所聽到的「廣樂九奏萬舞」即九歌与配合着九歌的散舞。（離騷「奏九歌而舞韶兮」。）

九歌自被夏后啟偷到人間來，一場歡宴，竟惹出五子之亂而終於使夏人亡國。這神話的歷史背景大概為下。九歌韶舞走夏人的盛乐，或許只蜂上帝時方能使用。啟曾奏此乐以事上帝，即所謂「鈞臺之享」。正为一般原始社會的音樂，這樂舞的內容

闻一多手稿

子之间，为着有仍二女（即"五子之母"）起了冲突。事态扩大到一种程度，太康竟领着弟弟们造起反来，结果敌人——夷羿乘虚而入，把有夏灭了。（关于此事，另有考证。）启享天神，本是启请客。传说把启请客弄成启被请，于是乃有启上天作客的故事。这大概是因为所谓启"宾天"的宾字，（《天问》"启棘宾商"即宾天，《大荒西经》"开上三嫔于天"，嫔同宾。）本有"请客"与"作客"二义，而造成的结果。请客既变为作客，享天所用的乐便变为天上的乐，而启奏乐享客也就变为作客偷乐了。传说的伪变大概只是这一点，其余部分说启因《九歌》而亡国，却颇合事实。我们特别提出这个故事来，是要指陈《九歌》最古的用途及其有猥亵嫌疑的内容等事实，因为那对于下文解释《楚辞·九歌》，是颇有裨益的。

二、经典的《九歌》

《左传》两处以九歌与八风，七音，六律，五声连举，（昭二十年、二十五年）看去似乎九歌不专指某一首歌，而是歌的一种标准体裁。歌以九分，犹之风以八分，音以七分，……那都是标准的单位数量，多一则有余，少一则不足。歌的可能单位有字、句、章三项。以字为单位者又可分二种：（一）每句九字，故谓之"九歌"。但九字句的诗歌古今都少见，因为那句法太冗长，是古代中国语法所不需要的，甚至不容许的。（二）每章九字，即章三句，句三字，也有被称为"九歌"的可能。但这种三字句的句法又似乎太短而少变化，所以古今也少用。以上二种似乎都不甚可能。若以章为单位，每篇九章，自然也可称为九歌。然而这样大的篇幅，连《诗经》里也少有。若说距《诗经》年代已至少[①]百年前就有那样的诗歌，也是不易想象的。总之我们以为最早的歌，如其是以九为标准的单位数，那单位必是句——便是三章章三句，全篇共九句。不但这样篇幅适中，可能性最大，并且就"歌"字的意义看，"九歌"也必须是每歌九句。"歌"的本音应与今语"啊"同，其意义最初也只是唱歌时每句中或句尾一声拖长的"啊……"（后世歌辞多以兮或猗、为、我、乎等字拟其音）故《尧典》曰"歌永言"，《乐记》曰"故歌之为言也，长言之也"。然则"九歌"即九"啊"。九歌是九声"啊"，而"啊"又必在句中或句尾，则九歌必然是九句

---

① 原文此处空一字，未填数字。今本《神话与诗》（上海人民出版社2006年版，第224页）于此处亦不明确，仅以"早期"代之。

了。《大风歌》三句共三用"兮"字，《史记·乐书》称之为"三侯之章"，兮、侯音近，三侯犹言三兮。《五噫诗》五句，每句末于"兮"下复缀以"噫"，全诗共用五"噫"字，因名曰"五噫"。九歌是九句，犹之三侯是三句，五噫是五句，都是可由其篇名推出的。

全篇九句即等于三章章三句。《皋陶谟》载有这样一首歌。（下称《元首歌》）

元首起哉！股肱喜哉！百工熙哉！

元首明哉！肌肱良哉！庶事康哉！

元首丛脞哉！股肱惰哉！庶事隳哉！

唐立庵先生根据上文"箫韶九成""帝用作歌"二句，说它便是《九歌》。这是一个很重要的发现。不过他又说即《左传》文七年郤缺引《夏书》"戒之用休，董之用威，劝之以九歌，勿使坏"之"九歌"，那却不然。因为上文已证明过，《书传》所谓"九歌"并不专指某一首歌，因之《夏书》"劝之以九歌"只等于说"劝之以歌"。并且《夏书》三句分指礼、刑、乐而言，三"之"字实谓在下的臣民，而《元首歌》则分明是为在上的人君和宰辅发的。实则《元首歌》是否即《夏书》所谓"九歌"，并不重要，反正它是一首典型的儿歌体的歌，（因为是九句）所以尽可被称为九歌。

和《元首歌》格式相同的，在国风里有《麟之趾》《甘棠》《采葛》《著》《素冠》等五篇。这些以及古今任何同类格式的歌，实际上都有被称为"九歌"的资格。（就这意义说，九歌又相当于后世五律、七绝诸名词。）九歌既是表明一种标准体裁的公名，则神话中有猥亵嫌疑的启的《九歌》，和经典中教诲式的《元首歌》，以及《夏书》所称而却缺所解为"九德之歌"的《九歌》，自然不妨都是九歌了。

神话的《九歌》，一方面是外形固守着僵化的古典格式，内容却在反动的方向发展成教诲式的"九德之歌"一类的《九歌》，一方面是外形几乎完全放弃了旧有的格局，内容则仍本着那原始的情欲冲动，经过文化的提炼作用，而升华为飘然欲仙的诗——那便是《楚辞》的《九歌》。

三、《东皇太一》《礼魂》何以是迎送神曲？

前人有疑《礼魂》为送神曲的，近人又多主张《东皇太一》为迎神曲。他们的意见都对，因为二章确乎是一迎一送的口气。除这内在的理由外，我们现在还可举出一般祭歌形式的沿革以为旁证。

迎神送神本是祭歌的传统形式，沈约在《宋书·乐志》里已经讲得很详细。再看唐代多数宗庙乐章，及一部分文人作品，如王维《祠渔山神女歌》等，则祭歌不但必须具有迎送神曲，而且有时只有迎送神曲。迎送的仪式在祭礼中是为何重要，于此可见。本篇既是一种祭歌，就必须含有迎送神的歌曲在内，既有迎送神曲，当然是分属于首尾两章。这是常识的判断，但也不缺少历史的证例。以内容论，汉《郊祀歌》的首尾两章——《练时日》与《赤蛟》相当于《九歌》的《东皇太一》与《礼魂》，谢庄又仿《练时日》与《赤蛟》作《宋明堂歌》的首尾二章，（《宋书·乐志》："迎送神歌，依汉《郊祀》三言四句一转韵。"）而且直题作《迎神歌》《送神歌》。由《明堂歌》上推《九歌》，《东皇太一》《礼魂》是迎送神曲，大概是不成问题的。

或疑《九歌》中间九章也有带迎送意味，甚至明出"迎""送"字样的，（如《湘夫人》"九嶷缤兮并迎"，《河伯》"送美人兮南浦"。）怎见九章不也有迎送的作用呢？答：九章中的迎送，是歌中人物自相迎送，或对假想的对象迎送，这与二章为致祭者对神的迎送迥乎不同。换言之，前者是粉墨登场式的表演迎送的故事，后者才是实质的迎送的典礼。前人混为一谈，所以往往纠缠不清。

除去首尾两章迎送神曲，中间所余恰恰九章，《楚辞》所谓《九歌》，大概本是指此而言。古代的九歌本因句数而得名，已详上文。但因文化的演进，文艺作品的篇幅是不会不扩充的。上古九句的九歌，到现在——战国时期，涨大到九章的九歌，乃是文学演进的必然趋势。

四、被迎送的神只有东皇太一

《东皇太一》既是迎神曲，而歌辞只曰"穆将愉兮上皇"（上皇即东皇太一），那么辞中所迎的，除东皇太一外，似乎不能再有别的神了。《礼魂》是作为《东皇太一》的配偶章的送神曲，这里所送的，论理也不应超出先前所迎的之外。其实东皇太一是上帝，祭东皇太一即郊祀上帝。只有上帝才够得上受主祭者楚王的专诚迎送。其他九神，论地位，都在王下，所以祭典中只为他们设享，而无迎送之礼。这样看来，在理论原则上，被迎送的又非只限于东皇太一不可。对于九神，既无迎送之礼，难怪那用以宣达礼意的迎神送神的歌辞，绝未提及九神。

但请注意：我们只说迎送的歌辞，和迎送的仪式所指的对象，不包括那东皇太一以外的九神。实际上九神仍不妨和东皇太一同出同进，而参与了被迎送的经验，甚至可以说，被"饶"给一点那样的荣耀。换言之，我们讲九神未被迎送，是名分上的未被迎送，不是事实的。谈到礼仪问题，当然再没有比名分观念更重要的了。超出名分以外的事实，在礼仪的精神下，直可认为不存在。因此，我们还是认为九神未被迎送，而祭礼是专为东皇太一设的。

五、九神的任务及其地位

祭礼既非为九神而设，那么他们到场是干什么的？关于这一点，汉《郊祀歌》已有答案："合好效欢虞（娱）太一，……九歌毕奏斐然殊。"《郊祀歌》所谓"九歌"即《楚辞》十一章中之九章之歌。（详下）九神便是这九章之歌中的主角，原来他们到场是为着"效欢"以"虞太一"的。这些神道们——实际是神所"凭依"的巫们——按照各自的身分，分班表演着程度不同的哀艳的，或悲壮的小故事，情形就和近世神庙中演戏差不多。不同的只是在当时，戏是由小神们做给大神们瞧的，而参加祭礼的人们是沾了大神的光而得到看热闹的

中国文学史导论

机会；现在则专门给小神当代理人的巫既变成了职业戏班，而因尸祭制度的废弃，大神只是一只"土木形骸"的偶像，并看不懂戏，于是群众便索兴把他撇开，自己霸占了戏场而成为正式的观众了。

九神之出现于祭场上，一面固是对东皇太一"效欢"，一面也是以东皇太一的从属的资格来受享。效欢时是立于主人的地位替主人帮忙，受享时则立于客的地位作陪客。作陪凭着身分（二三等的神的身分），帮忙仗着伎能——唱歌与表情的伎能。九神中身分的尊卑既不等，伎能的高下也有差，所以他们的地位，有的作陪的意味多于帮忙，有的帮忙的意味多于作陪。然而作陪也是一种帮忙，而帮忙也有吃喝，（受享）所以二者又似可分不可分。

六、二章与九章

因东皇太一与九神在祭礼中的地位不同，所以二章与九章在歌辞中的地位也不同。在说明这两套歌辞不同的地位时，可以有宗教的与艺术的两种看法。就宗教观点说，二章是作为祭歌主体的迎送神曲，九章（即真正的《九歌》）只是祭歌中的插曲。插曲的作用是凑热闹，点缀场面，所以可多可少，甚至可有可无。反之，就艺术观点说，九章是全歌中真正的精华，二章则是传统形式上一头一尾的具文。《楚辞》的著录者统称十一章为《九歌》，是根据艺术观点，以中间九章为本位的办法。《楚辞》是文学总集，著录者当然只好采取这种观点。假如他是《郊祀志》的作者，他便应依宗教的立场，改称这十一章为"楚郊祀歌"，或更详明点，"楚郊祀东皇太一乐歌"。

或许有人要说，启享天神的乐称《九歌》，《楚辞》概称祀东皇太一的全部乐章为"九歌"，只是沿用历史的旧名，并没有什么重视九歌艺术性的立场在背后。但他忘记了诸书谈到启奏《九歌》时那种不满的态度。不是还说启因此亡国吗？须知说启奏《九歌》以享天神，是骂他胡闹，不应借了祭天的手段来达其"康娱以自纵"（《离骚》）的目的，所以他们又说"章闻于天，天用弗式"。（《墨子·非乐篇》引《武观》）他们言外之意，祭天自有规规矩矩的音乐，那太富娱乐性的《九歌》是不容掺进祭礼来以渎亵神明的。他们反对启，实即反对《九歌》，反对《九歌》的娱乐性，实即承了他的艺术性。在认识《九歌》的艺术性这一点上，他们与《楚辞》的著录者没有什么不同，不过在运用这认识的实践行为上，一方是凭那一点来攻击启，一方是用以欣赏文艺而已。

七、九章的再分类

不但十一章歌辞中二章与九章当各为一类，若再细分下去，九章当中前八章（《东君》《云中君》《湘君》《湘夫人》《大司命》《少司命》《河伯》《山鬼》）与后一章（《国殇》）又当各为一类。八章所代表的日、云、星（指司命）、山、川一类的自然神，依传统见解，自然是天神最贴身的一群侍从。但这完全是近代人的想法。在宗教史上，因野蛮人对自然现象的不了解与畏惧，倒是自然神的崇拜发生得最早。次之是人鬼的崇拜，那是在封建型的国家制度下，随着英雄人物的出现而产生的一种宗教行为。最后，因封建领主的渐逐兼并，直至大一统的帝国行将出现，像东皇太一那般一神教的主宰神才会应运而生。八章中尤其是《湘君》《湘夫人》等章带猥亵性的内容，（此其所以为淫祀）已充分暴露了这些神道的原始性和幼稚性。（苏雪林女士提出的人神恋爱问题，正好说明八章的这类原始宗教背景，详后。）反之，国殇却代表进一步的社会形态，与东皇太一的时代接近了。换言之，东君以下八神只代表巫术降神的原始宗教，国殇与东皇太一则是进步的高级宗教的神了。我们发觉国殇与东皇太一性质相近的种种征象，例如祭国殇是报功，祭东皇太一是报德，国殇在礼家的系统中当列为小祀，东皇太一列为大祀，等等都是。这些征象都使国殇与东皇太一贴近，同时也使他与八神疏远的因素。这就是我们将九章又分为八神与国殇二类的最雄辩的理由。甚至假如我们愿走极端，将全部十一章分为二章（东皇太一、礼魂），一章与八章三个平列的大类，似亦无不可。我们所以不那样做，是因为那太偏于原始论的看法。在历史上，东皇太一、国殇，与八神虽产生于三个不同的文化阶段，而各有其特殊的属性，但那究竟是历史。在《九歌》的时代，国殇恐怕已被降级而与八神同列了。至少楚国制定乐章的有司，为凑足九章之歌的数目以合传统"九歌"之名，已决意将国殇排入八神的班列，而让他在郊祀东皇太一的典礼里，分担着陪祀意味较多的助祀的工作。（看歌辞，八章与国殇皆转韵，属于同一类型，制定乐章者的意向益明。）谁说他这安排不有点牵强呢，但我们研究的是这篇《九歌》，我们的任务是了解制定者的用意，不是修改他的用意。这又是我们不能不只认八章与国殇为一大类中之两小类的另一理由。

为醒目起见，我们再将上述主要各点依一种新的组织，制成左表。有些意思因行文的限制，上文来不及阐明的，大致已在表①中补足了。

神道及其意义						歌辞				
						内容的特征与情调			外形	
客体	东君　云中君 湘君　湘夫人 大司命　少司命 河伯　山鬼	自然神	淫祀	助祀	杂曲（九章）	用独白或对话的形式，抒写悲欢离合的情绪。	似风（恋歌）	哀艳	长短句	转韵
	国殇	鬼	小祀	陪祀　报功		叙述战争的壮烈，颂扬战争的英勇。	似雅（挽歌）	悲壮	七字句	
主体	东皇太一	神	大祀	正祀　报德	迎神曲、送神曲（二章）	铺叙祭礼的仪式和过程。	似颂（祭歌）	肃穆	长短句	不转韵

---

① 原文繁体竖排未绘表格栏线，今改为简体横排，绘表格以标示清楚。

八、"赵代秦楚之讴"

《汉书·礼乐志》曰：

> 武帝定郊祀之礼，祠太一于甘泉，……乃立乐府，采诗夜诵，有赵代秦楚之讴。以李延年为协律都尉，多举司马相如等数十人造为诗赋，略论律吕，以合八音之调，作为十九章之歌。以正月上辛用事圜丘，使童男女七十人俱歌，昏祠至明。

这是汉代祭太一的掌故，内中"有赵代秦楚之讴"一语，特别值得我们注意。依我们的考察，九章之歌所代表诸神的地理分布，恰恰是赵代秦楚。现在即依这国别的顺序，分述如下：

（1）云中君　罗膺中先生据"览冀州兮有余"及《史记·封禅书》"晋巫祠五帝、东君、云中君"之语，说云中即云中郡之云中。案云中是赵地，（《史记·赵世家》："武灵王……欲从云中九原直南袭秦。"）赵是三晋之一，又正当古冀州域。

（2）东君　依照以东方殷民族为中心的汉族本位思想，

日神羲和是女性，（《大荒南经》"有女子名羲和……帝俊之妻，生十日"，《七发》"神归日母"。）但《九歌》的日神东君是男性，（《九歌》诸神凡称君者皆男性。）所以可能他是一位客籍的神。《〈史记·赵世家〉索隐》引谯周曰"余尝闻之，代俗以东西阴阳所出入，宗其神曰王父母"，阴阳指日月，（《大戴记·曾子天圆篇》"阳之精气日神，阴之精气月灵"。）似乎以日为阳性的男神，本是代俗。据《封禅书》，东君也是晋巫所祠，代地本近晋，古本歌辞次第，《东君》在《云中君》前，（今本错置，详拙著《楚辞校补》。）本意是以二者相次为一组的。《史记·封禅书》及《索隐》引《归藏》亦皆东君云中君连称。这种排列，大概是依农业社会观点，象征着两个对立的重要自然现象——晴与雨的。云中君在赵，东君的地望想必与他相近，故东君云中君总是被人认为不可分离的一对。

（3）河伯　穆天子传一"天子西征，骛行至阳纡之山，河伯无（冯）夷之所都"，据《尔雅·释地》与《淮南子·地形篇》，阳纡是秦薮，河伯本是秦地的神，所以祭河为秦国的常祀，《史记·六国年表》"秦灵公八年，初以君主妻河"，《封禅书》"及秦并天下，令祠官所常奉天地名山大川鬼神，……水曰河，祠临晋"，是其证。《封禅书》又曰"昔秦文公出猎，获黑龙，（案即水神玄冥）此其水德之瑞，于是更命河曰德水"。这是秦祀河的理论根据。

（4）国殇　歌曰"带长剑兮挟秦弓"，这可作国殇是秦神之证。（此亦罗先生说。惟以为即二世皇帝，则似不然。二世是赵高逼死在望夷宫中的，不得为国殇。且《九歌》仍当是战国末楚国郊祭中所用的乐章，其时代自当在二世之前。）

（5）（6）湘君　湘夫人　这还是南楚湘水的神。

（7）（8）大司命　少司命　大司命见于金文《洹子孟姜壶》，洹子即齐国的田桓子，而《风俗通·祀典篇》亦说"司命……齐地大尊重之"，似乎司命本是齐地的神。但这时确已在楚国落籍了。歌中空桑，九坑皆楚地名可证。（《大招》"魂乎归徕，定空桑只"。九坑《文苑》作九冈，九冈，山名，在今湖北松滋县，即《左传》昭十一年"楚子……用隐太子于冈山"之冈山。）《封禅书》且明说"荆巫祠司命"。

（9）山鬼　清顾天成《九歌解》主张山鬼即巫山神女，近孙君作云亦主此说。我们也完全同意，然则山鬼也是楚神。

以上除（2）（4）二项证据稍嫌薄弱，其余七项可算不成问题，何况以（2）属代，以（4）属秦，充其量只是缺证，并没有反证呢？"赵代秦楚之讴"是汉武因郊祀太一而立的乐府中所诵习的歌曲，《九歌》也是楚祭东皇太一时所用的乐曲，

　　　　　　　　中国文学史导论

而《九歌》中间九章的地理分布，如上文所证，又恰好不出赵代秦楚四国的范围，然则我们推测《九歌》中九章即《汉志》所谓"赵代秦楚之讴"，是不至离事实太远的。并且《郊祀歌》已有"九歌毕奏斐然殊"之语，这"九歌"当亦即"赵代秦楚之讴"。《礼乐志》称祭前在乐府中练习的为"赵代秦楚之讴"，《郊祀歌》称祭时正式演奏的为"九歌"，其实只是一种东西。《礼乐志》所以不称"九歌"而称"赵代秦楚之讴"，那是因为"有赵代秦楚之讴"一语是承上文"采诗夜诵"而言的。上文说"采诗"，下文点明所采的地域，文意一贯。由上言之，赵代秦楚既恰合九章之歌的地理分布，而《郊祀歌》又明说出"九歌"的名字，然则所谓"赵代秦楚之讴"即"九歌"，更觉可靠了。总之，今《楚辞》所载《九歌》中作为祀东皇太一乐章中的插曲的九章之歌，与夫汉《郊祀歌》所谓"合好效欢虞太一，……九歌毕奏斐然殊"的"九歌"，与夫《礼乐志》所谓因祠太一而创立的乐府中所"夜诵"的"赵代秦楚之讴"，都是一回事。

承认了九章之歌即"赵代秦楚之讴"，我们试细玩九章的内容，还可发现一个有趣的现象。九章之歌依地理分布，自北而南，可排列如下：

《东君》	代
《云中君》	赵
《河伯》（《国殇》）	秦
《大司命》《少司命》《山鬼》	楚
《湘君》《湘夫人》	南楚

国殇是人鬼，我们曾经主张将他和那八位自然神分开。现在我们即依这见解，暂时撇开他，而单独玩索那代表自然神的八章歌辞。这里我们可以察觉，地域愈南，歌辞的气息愈灵活，愈放肆，愈①艳，直到那极南端的《湘君》《湘夫人》，例如后者的"捐余袂兮江中，遗余褋兮醴浦"二句，那猥亵的涵义几乎令人不堪卒读了。以当时的文化状态而论，这种自北而南的气息的渐变，不是应有的现象吗？

九、楚《九歌》与汉《郊祀歌》的比较

虽然汉郊祀太一是沿用楚国的旧典，虽然汉祭礼中所用以娱神的《九歌》也就是楚人在同类情形下所用的《九歌》，但

---

① 原文此处空一格，字迹刮去。《神话与诗》（第224页）作"顽"。

汉《郊祀歌》十九章与楚《九歌》十一章仍大有区别。汉歌十九章每章都是祭神的乐章。因为汉礼除太一外，还有许多次等的神受祭。但楚歌十一章中只有首尾的"东皇太一"与"礼魂"，（相当于汉歌首尾的《练时日》与《赤蛟》），是纯粹祭神的乐章。其余九章，正如上文所说，都只是娱神的乐章。楚礼除东皇太一外，是否也有纯粹陪祭的次等神如汉制一样，今不可知。至少今《九歌》中不包含祭这类次等神的乐章是事实。反之，楚歌将娱神的乐章（九章）与祭神的乐章（二章）并列而组为一套歌辞。汉歌则将娱神的乐章完全摒弃，而专录祭神的乐章。总之楚歌与汉歌相同的是首尾都分列着迎送神曲，不同的是中间一段一方是九章娱神乐章，一方是十七章祭次等神的乐章。这不同处尤可注意。汉歌中间与首尾全是祭神乐章，（迎送神曲也是祭神乐章）他的内容本是一致的，依内容来命名，当然该题作"郊祭歌"。楚歌首尾是祭神，中间是娱神，内容既不统一，那么命名该以何者为准，便有选择的余地了。若以首尾二章为准，自然当题作"楚郊祀歌"。现在他不如此命名，而题作《九歌》，可见他是以中间九章娱神乐章为准的。以汉歌与楚歌的命名相比较，益可证所谓"九歌"者是指十一章中间的九章而言的。

十、巫术与巫音

苏雪林女士以"人神恋爱"解释《九歌》的说法，在近代关于《九歌》的研究中，要算最重要的一个见解，因为他确实说明了八章中大多数的宗教背景。我们现在要补充的，是"人神恋爱"只是八章的宗教背景而已，而与八章本身无关。换言之，八章歌曲是扮演"人神恋爱"的故事，不是实际的"人神恋爱"的宗教行为。而且这些故事之被扮演，恐怕主要的动机还是因为其中"恋爱"的成分，不是因为那"人神"的交涉，虽则"人神"的交涉确乎赋予了"恋爱"故事以一股幽深、玄秘的气氛，使它更富于麻醉性。但须知道在领会这种气氛的经验中，那态度是审美的，诗意的，是一种make believe，与实际的宗教经验不同。《吕氏春秋·古乐篇》曰："楚之哀也，作为巫音"。八章诚然是典型的"巫音"，但"巫音"断乎不是"巫术"，因为在"巫音"中，人们所感兴趣的，毕竟"音"的部分远胜于"巫"的部分。"人神恋爱"许可以解释《山海经》所代表的神话的《九歌》，却不能字面的（literally）说明《楚辞》的《九歌》。严格的讲，二千年前《楚辞》时代的人们对《九歌》的态度，和我们今天的态度，并没有什么差别。同是欣赏艺术，所差的是，他们是在祭坛前观剧——一种雏形的歌舞剧，我们则只能从纸上欣赏剧中的歌辞罢了。在深浅不同的程度中，古人和我们都能复习点原始宗教的心理经验，但在他们观剧时，恐怕和我们读诗时差不多，那点宗教经验是躲在意识的一个暗角里，甚至有时完全退出意识圈外了。

第四编

国文教育五讲

罗庸手书扇面

论读专书[①]

本学年本校中国文学系的课程，专书研究特别多，大家觉得好像有意在提倡读专书的风气。事实上不一定有这个意思，但读专书的要求似乎是近年来一个普遍的倾向。现在就把这个问题和大家谈一谈。

中国人传统的读书法本来只是读专书，废科举兴学校以后才有专门的学科。近十几年研究的风气盛行，在大学的文学院里才又有专题研究的科目。有了专门科目，古书才退为国文一科；有了专题研究，专书才渐渐被摈于课程之外。近年风气逆转，读专书的倾向才又在中国文学系里抬头。

凡是一种风气的转移，得失很不易讲，但其来历却是可说

---

① 本文是罗庸在西南联合大学国文学会中国文学第十二讲的讲稿，发表在《国文月刊》第17期（1942年11月出版）。

的。上面所说的风气的转变，正表示着社会文化的转移。

中国过去的社会是农业社会，读书人的意识也是农业意识。读书的目的在人才的养成，书不过是人的养料，犹之土壤水分为植物的养料一般。所谓十年树木，百年树人，其义无二。所以六经称为六艺，教育子弟谓之栽培，学问踏实谓之根柢深厚，文字生活谓之砚田笔耕，收获耕耘，春华秋实，无往而不是农业术语。在这种社会里，正是"我读书，非书读我"，他可以"断章取义"，可以"不求甚解"，可以"六经皆我注脚"。这种吸收原料的读书态度，自然以读专书为最适宜了。

农业社会最看不起的是商人，因为他不是先难后获的，所以讲学最忌"稗贩"。其次看不起的是工人，因为他不从事于为己之学，所以书画最忌"匠气"。在这种风气之下，专门学科是无法建立的。所以二千年来，尽多文人学士，却少专门名家。

近十几年来研究的风气是西洋近代工业社会的产物，研究员的意识是工业意识，目的在客观学术的建立。他们学习工具，搜集材料，努力工作，发表成绩，增加出产，奖励发明。他不能不依类选材，他不能不分析综合。专书在他们眼中目无全牛，只不过是一堆材料。靠了这堆材料来建设专门科

中国文学史导论

目，推动专门研究，本身并无独立的价值。

这两种不同的态度简单说起来不过是成己与成物之分，本来并行不悖的；但文化总有偏畸，一偏畸便有流弊。中国几千年来的农业文化，正在开始接受近代西洋工业文明，各方面的革故鼎新，是必然的现象。在青黄不接之际，冲突矛盾，无所适从，也正是应有的过程。

我们中国文学系读专书的问题便是夹在这个矛盾现象当中的，就是多年以来闹不清的国文系与国学系问题，也是为此。甚至于依时代为次的国文读本究竟先今后古好呢？还是先古后今好呢？也成了不易解决的问题。这都有待于这个总问题的解决，然后其他才有办法。

我们对于这个问题有三种看法：

第一，学术的由浑而析，由泛而专，本来是进步的现象。清代学者原来都是向这个方向努力的，成绩最显著的是程瑶田，理论最具体的是章学诚。但前人学问的对象是"古书"，而古书所包括的极其广泛，用现代学术的眼光来看，一个人无论如何不能兼具众长。然在前人读古书的风气之下，非身兼众艺不能明一书，于是种种外行话，陈陈相因的话，不彻底的话，便杂然并作。正史和诸子中天文律历的部分便是最显著的例。现在我们明白了学术各有专门，古书并不为中国文学系所独有，便应该把专门的部分分别让给专家。非但天文律历之学不应属文科，就是古地理和制度的部分也应让给史学系，中国文学系所当负的责任怕只有文字训诂和文法的部分。即版本校雠也不全是中国文学系的事。于此，我们中国文学系的语文组，在自己的专门之业以外，于古书便负了训诂章句的责任，也就是对别系某部分中国学术史方面负了沟通介绍的责任。最后的希望是古书已有了大体的整理，别系的专家也无需再要我们帮忙，我们可以专力于古文字、古语、古文法的研究。这样，语文组所应读的专书，便有了很明确的界限，数量也不会太多。所谓专书也者，便和专科学问打成一片了。

第二，关于大学里中国文学系文学组的教学目标，大家的意见不很相同：有人以为文学组应该专门培养新文艺作家，因为大学是最高学府，作家若是不由大学出身，其根柢是不会深厚的。但也有人以为作家是社会培养出来的，不应该由学校培养，因为学校的生活环境和课程设备，都不适宜于培养作家。反转是文学史的研究，离开了大学的图书馆和研究室怕就很困难，而文学史的任务正是给予作家指示途径。学者有志于创作，等待略知途径，出离校门，走入社会，再练习也不迟。更有一派，以为居今之世，只有中国文学系的学生还有一线的希望做做某一派的骈文或古文，假使国文系的学

中国文学史导论

生都不能作骈文古文，那真是"读书种子绝矣"。尤其近年以来，学生程度日差，往往大学毕业还不能清通的写一篇应用文件，因又有人主张大学里应培养能作应用文的人才。为了以上种种意见的庞杂，读书的风气也就各行其是。往往同是中国文学系毕业，甲也许"熟精《文选》理"，乙就许只知道几个近代作家，丙就许只校勘了一部先秦子书。大体说来，个人意见虽有不同，约之不外研究和写作两派。我个人的意见，以为研究应该是大学的教学目标，而写作应该在师生间自由发展。关于为了写作而读书的问题，等到下面再说；此地专就文学史的研究立论，则读书范围之广泛，正不下于一般的所谓读古书。因为就文体着眼，它包含的有著述体裁，文章源流。就作家着眼，它包涵的有文人传记，专业的校订和解释。就专门的问题着眼，它包涵的有各方面专科学问之一部。在这个题目下读古书，需要吸收原料，也需要目无全牛。因为一个好的文学史家，应该是一个专史家，同时又是一个文学批评者。这样巨大的工作，一个大学生在短短的四年中，无论如何是作不全的，其结果很容易光记得教师讲过的一些例证，而于原书都未寓目。本学年本校中国文学系专书课目之增多，有意无意中颇有针对这个缺点的倾向，意在领导大家多读几部专书，以增进读书的能力。但实在不过是示例而已，若真要讲到文学史的研究，第四年的毕业论文才是一个开头。曾经着手过毕业论文的人大家都可以有这个经验，那就是多读过几部专书的人作起文学史的论文来比较可以左右逢源。因为就专史的性质说，文学史是和语文组的专科性质相同，就文学批评的性质说，文学史家又需要具有写作加读书的素养，而文学史大体的轮廓，又需要下面第三项的知类通方。

第三，上面说过，中国文化正在由旧的向新的方向转变中，文化学术都需要一个新的组织和排列。但旧的文化学术本来有它自己的一套系统，文学和史学在这个系统下发展了一两千年，已经成了浑而难分的形式。在今日学校里分科设系，未尝不可以抽出一部分的书籍专属某系，但讲起话来便要牵一发而动全身。有些学校的国文系索性称为国学系，便是为此。从前北京大学的国文分为三组，第一组是语言文字，第二组是文学，第三组有目录学、校雠学、古籍校读法、经学史等课目，便是小规模的国学系。坊间出版的《国学概论》《中国经学史》一类的书，看似陈腐，实甚重要，就因为它还能补苴分系以后的破碎支离。而读专书一事，在国学系中，实居首位。王充《论衡》说过："能说一经者为儒生，博览古今者为通人。"不兼备第三组的国文系，往往不但不能博览古今，甚或并一经而不能通，结果只成为寻章摘句的文士。联大国文系

　　　　　　　　　　　　中国文学史导论

是只有两组的，近年以来，大家都感觉到同学在通方知类一方面很欠缺，本年课程里专书特别多，也或者有补救这个缺点的意思。拿通方知类的意思读专书，则与前两节的态度又别，那是应当在学术源流方面着眼的。因为一部分专书，在内容方面有它的学术渊源，在体裁方面有它的著述体例，往往与他书互相沟通，而不必限于一类。而这相互沟通的部分，正是"水无当于无色，五色弗得不章"的，很难把它纳入某一项专科。我们很不喜欢国学系这个名称，但愿意保留原来第三组的内容，其意在此。

由以上的三个观点来看我们读专书的问题，正是复杂分歧，漫无轨道。换句^①话说：我们国文系的同人，也正负着把这问题纳入轨道的责任。

照理说，上面所说的国学系的基本课目，本来都是一些本国文化的常识，原非国文系所专有。假如大学课程能有一部分文法学院必修科目，则这些科目在初入学时便已当修完，有些专书也应自行浏览过。等到分别文史哲学系的时候，只须修习本系专业已足。如此，国文系的文学组只应分别为研究或为写作而读的书。范围既已明确，则读时自然不患庞杂，也不会发

---

① 原刊误作"旬"。

生为人作嫁之感了。

但在这个理想没有实现之前，不能不替大家想一个自修的办法，下面一些意见，便是针对我们的同学现在的实况而说的：

我以为知类通方是很要紧的，能知类则学不患杂，能通方则学不患偏，不杂不偏则可以免为一曲之士。

《学记》说："九年知类通达，强立而不反，谓之大成。"这正是成己成物的教育标准。我以为《四库全书总目提要》仍旧是国文系入门必读之书，虽不足知伦类，实可以扩见闻。只要不陷于章太炎先生批评章实斋的话："后生利其疏通，以多识目录为贤，"纵比只看坊间出版的《国学概论》一类的书好得多。就因为《四库提要》鼓励你读原书，而坊间的书只给你泛泛的概念。此外正史的《儒林》、《文苑》列传、《艺文志》《经籍志》，能粗读一过，也胜于读坊间的文学史百倍。至于《古籍校读法》一类的书，浏览是不妨的，但我还是主张不如读读《经义述闻》《经传释词》和名家精校的书。史部则我希望大家能读《资治通鉴》和《续通鉴》《明纪》。史事不熟，文学也无所附丽。《论语》《孟子》《小戴礼记》的一部分，则是中国人尽人当读之书，民族的命根在此，无论如何必须读的，国文系更是责无旁贷。大家如能照此自修，则国文系不必设第三组，大家的见闻自不患搪陋，目光自不患短浅，心胸自不患偏狭，学问的基础，大体可算粗立了。

语文组和文学史组除了基本的常识和训练以外，大体上是应采取工业化的研究态度的，问题不嫌其小，用心惟贵其专，这才是正确的科学态度。但有两个基本条件：第一，专精必须是由博返约，而不是大海酌蠡。第二，问题必须由读书间得出来，而不是自作聪明。因此，以涵泳自得的态度，从容的读本业以内的专书，以待问题的发现，仍旧是这两组的根本工夫。至于不欲速，不见小利，不急于自表襮，必待确能自信而始著书立说，则又关系个人的修养，不系于读书的多少了。

文学组为培养写作而读书，文学史组为培养批评能力而读书，无疑的是要应用农业化的读书态度，那就是绝对的读专家，整个的读专家，死心踏地的读专家。——培养新文学的写作至少还要用一半的力读外国的专家——要专精，要纯熟，要先能入于其中，然后用《文心雕龙》"六观"的方法来超出其外。入于其中要到自他不二，超出其外要到目无全牛，这样才是超以象外，得其环中的读法。照此读去，境界日高，则值得读的专家自然日渐减少，批评力自然养成，创作力也就在眼高手低的状况下无形增进。最忌难读无统，浅尝辄止，无深无浅，在你眼中都是一望平原，那就十年二十年也不会有进步的。我常劝大家读专集要读大家，其意在此。尤其中国文学二千年来一线相承，递相祖述，如不从古代读下来，便难得其脉络。所以，为应用起见，从近代文入手读去，渐及于古，未尝不可；若为研究中国文学起见，则由古及今是一条不可移易的路。至于坊间出版的《中学国文读本》的编制，又另是一问题，这里不及多说。

今天所讲，只就"读专书"这一个问题略为分析其内容，意在使大家稍为明白些专书的性质，实在卑之无甚高论。至于读古书的详细方法，则唐立厂先生上次讲的"怎样读古书"，已很完全，无需我再多说了。

三十一年二月二十五日昆明

文学史与中学国文教学 ①

（一）文学的知与能

（二）教师之反省

（三）中国文学史的几个基本认识

    （甲）变与常

    （乙）文学的生命及其年龄

    （丙）两种园地

    （丁）作者之成功及其因缘

    我们要想使中学生的国文做好，并非单凭读几本现成的国文教本所可成功的。——因为现行一般的国文教本的编纂，虽

---

① 本文是罗庸1939年8月在云南省立中等学校教职员暑期讲习会上的演讲稿，由许秉乾记录，刊于《国文月刊》第一卷第一期（1940年6月）。

然依据文学史的方法，但不免东鳞西爪，使学生读了，不成系统。这有多大好处呢！现在就我个人的意见，分别列出一点补救的办法：

（一）文学的知与能：——现在一般的中学生，对学国文所犯的毛病不外两种：一种是已经读得很多的书（知），但做起来不能通顺（不能）；另一种是书虽读得不多（不多知），而提笔为文，尚能顺理成章（能）。两者一经比较，总觉后一种的较优于前一种。这怎么说呢？就是后的一种他虽然"知"的不多，但他已"能"，具有这点"能"的明机，以后慢慢地再由"知"的方面去加以充实，不难升堂入室；所以我觉得中学生对文学史的知识稍薄，不足为病。

（二）教师之反省：——根据上面这一个意思，（"能"比"知"要紧）我们做教师的，责任非常重大，那就是：学生可以"能而少知"，但是教师不能不"知能俱备"。如果不是这样，教学的目的必达不到。学生受益必少，那身为教师者，就应该切实的觉悟反省。——在我们的理想中是要把学生造成功怎么样？我们教了学生，究竟学生得到多少益处？我们授给学生的教材，学生实际得到的印象有几分之几？（如果教师不会运用教材而使教材落空，使学生受益少，印象浅，这不是编教科书人的责任，而是教师的责任了。）这些都是做教师的所应该反躬自问的。所以我觉得中学国文教师自己对于文学史如有一定把握，则在国文教学上可有许多益处。粗略讲来，可分为两方面：

（甲）有形的方面：——教师于文学史有研究，则学生对一篇文章之作者生平、时代背景可有明确的认识，足以提起其研究阅读之兴趣，而对课文之印象更加深刻。

（乙）无形的方面：——我们常常看到两个教师同样教一课书，而在事前预备参考之资料相同，然教的结果，则乙教师远不如甲教师的收效大。这是什么道理？那就是由于甲教师除在平时对参考材料有所准备外，而同时对教材之认识有自信，有见解，则在讲解时有一中心目标，依此目标而精辟阐述。使学生之心神无形中被诱导而走上正确的道途上去。这就是为教师者对文学史有认识所得到的收获。

（三）中国文学史的几个基本认识：——我们所以要研究文学史，是要认识其一贯的因果法则，而不是要叙述一大堆材料，整个中国文学的演变，据我看只须知道四件事：

（甲）变与常：——文学史的目的，是把各时代的文学顺序一贯的穿连起来看其起伏演化，而在各时代中看出其不可分割的联系性。现在，一般的错误，是把人类以往的历史都看作是陈旧死亡的，仿佛今代的东西，都是异军突起的，这是极大的错误。我们要知道没有旧的因子，新的便无从产生。所以我们看历史，要如看蚕茧一样的。——莫要只知道蚕茧破壳而出的是蛾，便忽略了成蛾以前一段的蛹和幼虫。例如两汉的散文，是以辞赋和经学为基础的；降至魏晋，则由朴质的散文，进变而为建安七子修饰词藻的散文；又由魏晋修饰词藻的散文，进而为六朝雕琢富丽的骈文；到这时似乎汉代散文已经绝响了，实则唐代韩柳的古文运动，是承袭北朝残存的汉文学遗绪，而使它成为当代的东西，所以他们说是提倡"古文"，"非三代两汉之书不敢观。"由此看来，我们可以知道，对文学的演进有两个看法：一个由"变"的方面看，是"体裁"的变动，所以唐文绝非汉文；另一个由"常"的方面看，它是一贯的继续不断的下去，是有线索可寻的，所以我们不能说汉文在六朝时已经死去。

（乙）**文学的生命及其年龄**：——就文学发展的程序看，完全是一个有机体生命的活动，一体文字，有幼、少、壮、老之不同，列表释之如次：

中国文学史导论

文体演变	发展路线	生命年龄
不成形的民间文艺	初生	幼年
成形的民间文艺	↓	少年
文人作品	↓	壮年
久经模仿的作品	↓	老年
形在神亡的模仿作品	僵化	衰年

看上表我们可以知道，文学之发展，始于民间，（大半是多元的），而音乐为其命根。由幼年时期，而终于衰老僵化时期；到僵化时期一过，虽不至趋于死亡消灭，惟已无可模仿演变，而不能成为潮流，势必另由别的路向以开新的生命；例如由汉代民歌演而为汉乐府，由汉乐府演而为《古诗十九首》，由《十九首》演而为南北朝的五言，便到了衰年[①]时期，不能再事模仿，所以便有唐代律诗的起来和新五古的成立，这就是文学的生命及其年龄的一例。

（丙）**两种园地：**——中国文学的展拓，只有两种园地：

起于民间：——如《诗经》的国风，汉乐府的《相和歌》。

来自异族：——如汉乐府的短箫铙歌、唐大曲。

---

① 原刊误作"延"。

这两种园地是双轨并行的，惟有这两种园地的开拓，才是文学的生路。——所以《诗经》是一条生路，而《楚辞》也同样的又另是一条生路。汉乐府是一条生路，唐诗、元曲又另是一条生路，……据此推断，将来中国文学的新生命，一面要取之于民间文艺，而另一面要取之于西汉文学。此外，空谈创造或苦心保守的，都是徒劳。

（丁）作者之成功及其因缘：——在中国文学史上成功的大家，归纳起来，不外三派：

不范畴于传统之文学系统下而全凭自己的才气成功的：（远的如李太白，近的如苏曼殊）但必须作者的身世不在传统的重压之下。

能复古的：——在某一时代文风颓败的时候，既无另辟新生的才能，便反从古代里去找寻途径以回复到以往的方向去。（如韩退之可为代表）惟是复古运动，可一而不可再，若更迭相复，便一无所成，而所得的只不过是些残渣糟粕罢了。所以韩退之的复古成功，而明七子的复古失败。

集大成的：——集大成的人，恐怕是最成功的。在中国文化上有孔子，诗中有杜甫：

孔子能将前人所有的长处，变为自己的长处；而自己的长处，又超出乎别人的长处之上，这样便是集大成。所以成功。

工部他凭自己的力量，将古人的作品融会贯通，而另外自成一家，其所以能如此者，不外两个因素：一个是"取材丰富"，一个是"用功深厚"。

在这三派的成功中，无论它凭什么力量，占任何观点，但始终不能脱离本时代的因缘。（即时代背景、家庭状况、个性差别。）就是说，时代的因缘，足以铸成他的作品的形与质，这是文学的特质，也就是个人成功不朽的因缘；若不是这样的"方整不移"，而可以随便"圆滑流动"的把其作品的时代拉得可前可后，那绝不会不朽的。（所以孔子是"圣之时"，而工部是"诗史"。）明乎此，才可以谈文学，才可以论个人学文学的途径。

所以，我个人的主张是：要想使学生把国文作好，首先最紧要的是要介绍给学生读几部有价值的专书。（即禁得住读的书，——如《论语》《孟子》之类。）而在教师方面，是要能真切的知道一些系统的文学演变，随时指点给学生正确的前进的路途。

国文教学与人格陶冶[①]

甲　过去的检讨

一、学校商业化的由来

"学校商业化"成了近年来大家注意的严重问题，主要的是感觉到学校中师生的关系日趋澹薄，教员拿"知识"换钱，学生拿钱买"知识"，交易而退，各得其所，全无人格上的陶熔感化，失去了教育的意义，只剩下知识的传习。

但社会上一种病态或弊端，决非凭空而来，都有它们不得不然的原因在。学校的商业化，就因为中国今日的学校制

---

① 本文发表在《云南教育通讯》第廿五、廿六、廿七合刊（1939年4月1日出版），后收入《鸭池十讲》。

度，完全抄自以工商业立国的近代西洋文明国家。

大家都知道，近代的西洋学校制度，是由中古教会书院蜕化而来，虽社会工商业化，学校仍得保有其独特的风格，像中国近年来的毛病是不会有的。中国旧来家塾书院的"师严道尊"，本来也只有教育的意义而绝无商业的意味，但自"变法维新"以来，旧的制度都在根本扬弃中，"师严道尊"的意思，不复能在新学校制度中存在。加以农村经济崩溃的结果，父兄送子弟入学，主要的是为取得将来在社会上"谋食"的技能与资格。有如作生意的"下本钱"。学生入学，既不为"谋道"而来，其与学校的关系，恰如"置物瓶中，出则离耳"。除了以考卷换取学分，以学费换取文凭，殆不复知学校对于他还有其它的关系和意义。"学校商业化"，正是势所不得不然，教育的实施，正不得不减削其效力。

二、公民训育与人格陶冶之不同

为了"人格陶冶"，从前的中小学，设有"修身"一课，大半由校长或学监担任，其效果如何，大家都知道的；然所讲的究竟还是些"嘉言懿行"。自"修身"改为"党义"，"党义"改作"公民"，训育主任除了宣传政治理论，执行学校规则，便什么也做不来，结果是和学生站在相对的地位。

教育本来以培养学生自发的向上心为其目的，所以内心的陶冶是教育的基础，而行为的规范和政治的训练乃是外面的工夫。所谓"乐由中出，礼自外作"。现在只有"外作"的"礼"，而缺乏了"中出"的"乐"，致令学生知识的空虚有法填补，而内心的苦闷无人解决。"隐其学而疾其师，苦其难而不知其益"，就造成了今日师生间的游离状态。

但事实上学生的思想与感情总需要有所依止，在这方面比较关系最切的要算国文教师了。大半的中学毕业生，对于训育主任和公民教师，不见得有深厚的感情，而对国文教师，往往无形中受很大的影响。那就因为国文课本的内容，比较可以滋润青年们枯渴的心灵。所以在现制度下的学校，对于学生心理的陶熔，国文教师实负有很大的责任。

三、近年中学国文教材之繁杂无统

然事实上的结果则如何者？自民国七八年"国学书目""青年必读书"的风气打开以来，二十年来国文的教材造成一种博而不专的现象。大学入学试验要考"国学常识"，高中的国文课就不得不教"学术源流"。选文标准，既要按文学史的次序每时代都得有"代表作"，又须按文体的分配各体平均。一方面要教文言，一方面又要教语体。散文之外，还得加些诗词。讲文之余，还得指示修辞和文法。教者张皇幽邈，脚乱手忙，学生坐席未温，浅尝辄止。试想如此一种"百科全书"式的选本，内容哪能不矛盾冲突？教者介于群言之间，不惜以今日之我与昨日之我宣战，或则弥缝调停，无可无不可。"大道以多歧亡羊，"学生以多方疑师。教材的无中心，造成学生思想的纷乱。教授目的的不确定，使学生无所适从。教授法不从专精纯熟方面下工夫，使学生对于读物永远得不到一贯的涵泳。文章尚且作不好，还谈得到什么人格的养成！

所以，在现在的学校制度未能改善以前，要求青年得到一点真实的内心陶冶，就非从国文教学根本下手不可！

乙　中国文化与士大夫

我们首先要问："我们的青年究竟需要培养成一种什么样的风节？"

我们可以简单的答一句话："我们需要养成一种纯正的中国士大夫。"

所谓"士大夫"，是"中国文化"里的中心主干，要明白"士大夫"的意义，就需要先明白"中国文化"是什么：

一、所谓"中国文化"者

有些人根本否认中国有其自己的文化，以为：我们穿的是"胡服"，睡的是"胡床"，听的是"胡乐"。历史上文化交流的结果，所谓"中国文化"者，早已成为极不明确的名词。但我们这里所谓"文化"者，并不是指的一些具体的"文明"，乃是指的一民族自己的生活态度，中国人有其与西洋人不同的生活态度，那就是"中国文化"。

观察一民族的文化，首先应当明了这文化的由来。中国自殷周以来，建立了"以农立国"的基础，散漫的农村社会，形成了"安土重迁"的民族心理，造成了"家族本位"的社会组织。人与人之间，只有亲族的伦理关系，最远的推到朋友而止。天子号称"家天下"，也不过是把天下看成一个大的家族。君臣以义合，只不过是朋友的变相。力田，尽伦，长养子孙，生活便算圆满了。农业社会，三分靠人力，七分靠自然。农村的生活，最先感到的是自然界的伟大，和平，和有秩序，尤有意味的是"万物并育而不相害"的一片生机。孕育在这种环境中的人类，除了力耕自足而外，如何与自然求谐和？成了唯一的人生目的。所谓"人法天，天法道，道法自然"，所谓"先天而天弗违，后天而奉天时"，成了人生哲学上最高的境界。反观其它动物界的搏击吞噬，同类相残，便憬然发生了"人之所以异于禽兽者几希"的觉悟。由此人的自觉，而有仁、义、礼、乐一套的理论与实施。

这一套"农本""人本"的人生哲学，奠基于周，而完成于孔子，推阐于七十子以后的儒家，形成了三千年来的民族意识。只要中国的农村本位的社会没有根本的改变，则这一套文化的形式永远不会变更。至于"人的自觉"这一点，则更是几千年志士仁人出生入死拼命护持的所在，纵使粉身碎骨，也不肯为"禽兽之归"的。

以农村的自给自足形成了"寡欲知足"，以力求谐和自然，故极力裁制人欲，这样子是不会有长足进步的物质文明和工业制造的，因而也就免除了财富的兼并与经济斗争。以安土重迁故"不勤远略"，因而没有拓殖的欲望；固步自封是毛病，但也永远不会成为"帝国主义者"。以"人的自觉"老早成熟，故很早便脱离了宗教的束缚，因而像欧洲历史上宗教的黑暗和战争是没有的。"人本"的思想使得对人类只有文化的评价而无种族的歧视，"中国进于夷狄则夷狄之，夷狄进于中国则中国之"，因而养成了对于异族的同化力和大度宽容。记得严粲《诗辑》评《诗经》的周诗一句话说："周弱而绵。"中国文化表面看来似乎是散漫而无力，但是这绵的力量却是屡遭侵略而终不灭亡的根源。

假使帝国主义的暴横残杀是人类文化的病态，则中国文化无论有什么缺点其最后的核心到底是人类文化的正常状态！

代表中国经济层的是农民，代表中国文化层的便是"士大夫"，此外，兼并的豪商，独裁的霸主，都是中国人厌弃的对象。

二、"士大夫"的历史及其前途

"士大夫"实在是中国文化的轴心，他的责任是"致君泽民"，"上说下教"。他一方面是民众的代表，一方面是政府的监督，而以尽力于"人伦教化"为其职志。自从东周政衰，世卿的制度崩溃，所谓"王官失守，学在私门"，有心的士大夫便以在野之身，积极的作"文化运动"，孔子便是这时代唯一的代表。但战国的局面，正在封建制度崩溃的前夕，诸侯①的军备扩张，造成了农村的破产。大都市"繁荣"的结果，增加了商人赚钱的机会。"士大夫"也者，没有了"代耕之禄"，不得不学商人的样，"挟策求售"，"曳裾王门"。读书人"商业化的结果"，造成了"游士"之风，贤如景春，也

---

① 原刊误作"候"。

不免艳羡，称他们为"大丈夫"。秦始皇帝和李斯似乎很有办法，他们对付都市膨胀的办法，是"隳名城"。对付土豪的办法是"杀豪俊"。对付资本家的办法是"徙富豪十二万户于咸阳"。对付散兵游勇——不能归田的农民——的办法是"北筑长城"，"置戍五岭"。剩下那些剩余商品的"游士"，就只好活埋了。这种大刀阔斧的作法，在我们读春秋战国三百多年的历史头昏脑涨之余，诚然是一件快事；但可惜积极方面忘却了中国的社会基础是散在农村。中国文化的中心是仁义之道。结果，努力造成的一个集权的中央，不旋踵而遭遇了"散兵革命"。汉袭秦法。只有"重农"的一件事，却根本的挽回了当时社会的生机。惠帝的奖励"孝弟力田"，窦太后的"好黄老"，文景四十年的"与民休息"，恰是适合了中国社会的需要。在这里，贾谊、晁错的眼光，实在高过李斯。所以，在两汉四百年中朝廷上尽管宗室打外戚，外戚杀宗室，宦官又打外戚，外戚又杀宦官，而农村的基础和文化的根基却日见稳定。读书人以"居乡教授"作处士为荣，东汉的气节，在"士"的历史上造成了空前的好榜样。这样，刘家一姓的私事，才不至于动摇整个的社会下层。

董卓的"入卫"开创了中国历史上的军阀专政之局，曹氏、司马氏，以及宋齐梁陈，刻板的在定型下互相抄袭，造成了几百年奸雄的历史。"处士"一变而为"党锢",再变而为"文学侍从",三变而为世族的"门客"。读书人的生活,从"居乡教授"到"运筹决策",再到作"劝进表""加九锡文",最后到"应诏咏妓",南朝士人的身份降到无可再降。而隋唐之际一些来自田间的笃实之士,却在北朝异族的统治下培养出来,实在是一件很可伤心的事。

隋唐的科举,虽然造成了乞怜奔竟之风,但究竟在"白屋"中,拔出些"公卿",读书人犹得以气类相尚。北宋的宰相,大半是寒士出身,眼光渐渐由都市转到乡村,使得久居被动的农村,又有独立自存的趋向。两宋理学家于"讲学"之余,大都注意到农村的组织和建设,如《朱子家礼》《吕氏乡约》,都是意义深长,有其远大的看法的。只可惜明清两代的八股科举,与腐败的胥吏政治相为因缘,造成了所谓土豪劣绅的一阶级,出则黩货弄权,处则鱼肉乡里,"士大夫"的意义,早已不复有人顾及了。

近三十年来读书人的现象大家都知道,不必再说;现在只须问一句话:"我们现在究竟是应该继东汉两宋之风而有所振拔呢,还是任着青年走战国,南朝,和明清士人的旧路?"

迷途未远,近年来事实上的要求逼得朝野都有些觉悟,"复兴农村",和"智识分子下乡",已由理论渐进于实行，这正是我们垂绝的民族文化一线光明的展望。

三、我们所需要的智识分子——"士"的风节

古曰"士大夫"，今曰"智识分子"，名实相类，而"智识分子"一名，实不足以尽"士大夫"之全。因为"士大夫"之所以为"士大夫"，在其全部的志事与人格，而"智识分子"仿佛只靠了有些"智识"可以贩卖。所以我们还是喜欢说"士大夫"，简称曰"士"，说"士君子"也好。

"士"是不事生产的，所谓"无事而食"。所以王子垫要问孟子"士何事"？而孟子回答的却是"尚志"。再问："何谓尚志？"孟子的回答只是"仁义而已矣"，"居仁由义，大人之事备矣"。

原来士之所以为士，在其能以全人格负荷文化的重任而有所作为，所以说："士不可以不宏毅，任重而道远。仁以为己任，不亦重乎？死而后已，不亦远乎？"然必其先有自发的"志"，然后能有所奔赴，所以"尚志"是第一件事。能尚志必能"好学"，哪一段有所奔赴不容自己之情，便会使他"食无求饱，居无求安，敏于事而慎于言，就有道而正焉"。"谋食""怀居"的私欲减轻，那一副虚明刚大的胸怀便会"喻于义"，然后可以"见危致命，见得思义"，然

后可以"托六尺之孤，寄百里之命，临大节而不可夺"。到了欲罢不能的时候，"无求生以害仁，有杀身以成仁"，是很自然的结果。但看"生我所欲也，义亦我所欲也，二者不可得兼，舍生而取义者也"。是一种甚么样的自然，洒落与坚刚！

"士"便是以这样的一种精神毅力"成己成物"，"立己立人"。有了这样的风节，无论从政、讲学，都会有一贯的内容和面目。有了这样的风节，自然对自己和社会有他的深到的看法与合理的安排。

中国民族便是在这样的一种风格的陶冶中出生入死支持它的生命到如今。为了负荷"人的自觉"的使命，受尽了"禽兽"的异族的蹂躏；而终究不沦于绝灭者，就在人类的向上心毕竟不会完全失掉；到了途穷思返的时候，中国文化正在以"人类"的正常态度和平而宽厚的等待他们。

这便是中国民族的自信力，而这自信力的培成，却全靠"士"以他的整个的人格来负担。

丙　诗教论

文化的推动，全赖推动者有所"自得"，而自得必由"自发"，所以教育对于学者内心的启发是唯一的工夫。《学记》说："不兴其艺不能乐学。"孔子说："兴于诗，立于礼，成于乐。"学者志气的激发，"诗教"又是第一步工夫。我们重视国文教学的意义在此。

一、何谓"诗教"？

《礼记·经解》篇说："孔子曰：'入其国，其教可知也：其为人也，温柔敦厚，诗教也。疏通知远，书教也。广博易良，乐教也。洁静精微，易教也。恭俭庄敬，礼教也。属辞比事，春秋教也。'"这里易、书、礼、春秋四教，偏于理解和行为，只有诗乐二教是性情之事，所以孔子对于诗乐之教特别看重。他说："小子何莫学夫诗？"又说："人而不为《周南》《召南》，其犹正墙面而立也与？"乐教深远，姑且缓谈；单说诗教，它是教育上最有力的因素。

"温、柔、敦、厚"，即所谓"中和之德"，是人性之本然，而冷酷、僵木、轻浮、凉薄都是"失其本心"的状态。中国文化的根本下手处是教人"反身而诚"，而诗教便是"修辞立诚"之事。"唐棣之华，翩其反而；岂不尔思，室是远而。"孔子批评这诗说："未之思也，夫何远之有？"便是因为它不诚，不诚便是"失其本心"。而《三百篇》大多是恳诚恻款，直抒性情之作，所以感人最深，文学的价值也最悠久。六经而后："诗教"便成了中国文学的正宗。如章实斋所说，战国后的文体固然导源于《诗经》，就是后人的鉴赏文学，也是以"立诚""感人"为根本原则。所以，不但雕章琢句言不由衷的文章不登大雅之堂。就是任情奔放之作也会遭明达的非议。真正大雅的文章，必是"仁义之人，其言蔼如也"的，才能使人感兴而反躬，复归于温柔敦厚，这正是中国民族的人生态度。

二、诗教的实施与完成

在战国以前，诗教与乐教是不可分的，所以文学的教育是以音乐教育为其基础。性情的培养，志气的激发，主要靠了弦歌，所以孔子说："兴于诗。"又说："诗，可以兴。""兴"者，"志有所之而行欲从之"之谓，这时便须有以规范其行为，那就靠着"礼"了，所以又说"立于礼"，"不学礼，无以立。"但"礼自外作"，须由"勉行"而归于"安行"，这就靠了乐教为之溶冶和谐，使其"从志""制行"，到完全统一的人格，为一贯的施设。万不能"杂施不逊"，以至于"坏乱不修"。孔子便是这样一个自己把自己教育完成的人，自从十五"志学"便真能"兴"，到了三十便"立"了；此后"不惑，知命，耳顺"，一直到"从心所欲不逾矩"，便是"乐"之"成"。请看"发愤忘食，乐以忘忧，不知老之将至"是一种什么样的精神？再体味"喟然与点①"是一种什么样的境界。

诗乐之教既然不由外作，故必学者先能心有所存，然后可以如孟子所说的"以意逆志"，可以如子夏的"告诸往而知来者"。至于"博学而详说之，将以反说约也"，则孟子的"知人论世"是很必需的。

晋人是很会读书的，杜预《左传序》所说："优而柔之，使自求之；餍而饫之，使自趋之；若江海之浸，膏泽之润，涣然冰释，怡然理顺，然后为得也。"和陶渊明的"好读书，不求甚解，每有会意，便欣然忘食"便都是"以意逆志"的自得之境。

孟子说得好："自得之则居之安，居之安则资之深，资之

———————————

① 原刊误作"默"。

深则取之左右逢其源。"这正是文学教育的正轨。

丁　一个具体的建议

一、国文教材应有其自己的中心

古语说："教无传疑，疑则不教。"国文教师本来应有其自己的学养，以"立诚"的态度说由衷之言，才能以其所信使学生共信。现在的教法，说高一点是"代古人立言"，说坏了便是"应景做戏"，不但学生徬徨歧路，同时也毁坏了教师。所以，国文教师为了自尊和学养的进修，应该有独立的远大的眼光选一种不违"诗教"的教材，用自己的信心去施教。自然各人致力的方面和兴趣不必尽同，但传播中国文化的精神和培成士大夫这一个目标则必需一致。痛革从前趋风气、逐时尚的浮薄浅陋的毛病，和东扶西倒不能自立的病根，而为民族国家百年树人的大计下一番深沉反省的工夫。必能如诸葛武侯所说的："庶几之志，揭然有所存，恻然有所感。"大本既立，则枝叶的小节自然不成问题。我渴望着有这样的一种教材，在各位会员的手中出现。

二、国文与国史的沟通

帝国主义者灭亡人家的国家，必先使其人民忘记自己的历史，以消灭其民族意识。所以，一个国家假使不幸而亡国，只要其民族未忘国史，则必有恢复的一天。现在一般中学，关于国史的课，大半是形在神亡，国史与国文更少连络。以致国史变为枯槁的记诵，国文成了飘渺的虚谈。孟子说："诵其诗，读其书，不知其人可乎？是以论其世也，是尚友也。"司马迁也说："我欲托诸空言，不如见之行事之深切著明也。"一段国史，假令有一段好的文章陪衬着，便异常感人；一篇国文，如能与其有关的史实相参证，便越加亲切。比如我们教一篇《鄘风》的《载驰》，空洞的说说许穆夫人，甚至牵扯到中国妇女文学史，那就越说越远。假如我们先讲《左传》闵公二年冬十二月狄人伐卫，把《载驰》插在当中，而以"卫文公大布之衣"一段作结，便丰富得多。若是音乐教师再能把《载驰》谱出，那么，唱过几遍后便连《左传》也永远不会忘的。这方法国内似乎还少有人注意到，而我们的敌人却早已实行了，在日本有些高等女校用着一种当作汉文教本的书，叫做《靖献遗言》，内容从《离骚》选起，如诸葛武侯《出师表》，岳武穆《五岳祠盟记》《满江红》词，谢翱《西台恸哭记》等，篇幅并不很多，但每篇前后都附载史事。如《五岳祠盟记》前面就先载《宋史·岳飞传》，《通鉴》中宋金和战的记载，然后是《盟记》本文，文后附王船山《宋论》，再后便是编者的意见，大意总是说：支那是劣等民族，历史上虽有些忠臣义士，但结果是奸人得势，忠臣失败。我们大和民族要学忠臣的样。这书在汉文教本里有相当势力，而我们却连这样的教本都没有；甚至于有些中学生连六朝五代的先后都分不清。

在云南有些位中学国文教师是兼教国史的，我认为这是很好的机会，可以无所牵碍的把这一个责任负起来。

三、打成一片的国文教学法

文学本来是极活泼的东西，其所寄托在文字，而本身却散在生活的各方面。假如上堂就有国文，下堂就没国文，那就失去了国文的目的。在这里，我且提出两条教学法的改造，供各位参考：

（一）教师的言行与教材内容打成一片。古人说："以身教者从，以言教者讼。"国文教学虽然是言教，但教师对于所选的教材如能身体力行，则学生在观感上所得的影响，自较说空话所得为多。同时教师也可以即教即学，把自学与教人打成一片，实际上收教学相长之益，而学生尊师敬业之意也可日益增高。

（二）课内教学与课外生活打成一片。广义的说，生活即是艺术，学文学的人如不能"变化气质"，纵使文章作得好，也与学问无关。所以国文教学对于学生课外的生活要能随时启导，如能作到以教材证实生活，自然最好；即不然，也要因时因地与以文学的陶熔。照我的意见，教师应于课堂外多与学生共处，旅行，看报，待人，接物，随时授以活的教材。日记的督促和批改是很必要的，在这里可以看出学生生活的实况，而与以实际的纠正与充实。如此，则课卷呆板的方式可以得到合理的替换。还有一种副收获，即应用文件体裁的说明和训习可以不必再设专科。此外书法和文学方面的艺术的需要，也可以随时指导，语言的练习也可以在"水边林下"养成。

照我个人的看法，国文教学与人格陶冶实在只是一件事的两方面，但要真能做到圆满，就非国文教师先对于中国文化有清楚的了解，并真能自己具有士大夫的风格不行。

"其身正，不令而行；其身不正，虽令不从。"录"有诸己而后求诸人，无诸己而后非诸人"。个人愿与诸位共同向这方面努力！

廿七年八月廿日

感与思①

　　关于现在中学生国文程度低劣的问题，已经有不少专家讨论过了，今晚专就国文作文内容提出两点，略说个人的意见，那就是："感"与"思"。

　　我们觉得学生作文技术拙劣是比较容易补救的，唯有内容空洞糊涂，是最严重的问题。因为空洞糊涂就证明作者的无感觉或不会表示感觉，无思想或不会运用思想，根本不立，所谓技巧云者，便全是不着边际之谈。教者不能在这里善为培植，学生的作文是无法进步的。就近几年大学入学试验国文卷来看，一百篇作文卷中，未必能有一篇感动人心或启发人思的。叙述描写只会用几句现成套语，析理论事更只会人云亦云。凡曾参加过阅卷的人，大概没有一个不感觉头痛的。所以

―――――――――

　　① 原载《国文月刊》一卷第三期，后收入《鸭池十讲》。

致此的原因固然很复杂，然而教者不善教，学者不善学，恐怕是主要的原因。所谓"以其昏昏，使人昏昏"，便成了空洞糊涂的现象。用我们现在的话来说，便是既不能感，又不能思。

今晚这个题目，就是想针对这个问题说几句话。所以只说"感"而不说"感觉"或"感情"，只说"思"而不说"思辨"或"思想"，意在指点出一些实际用功下手处；至于从感到情，从思到想，便不是本题讨论的范围了。

照说，生在现时代的青年，应该是最善感而能思的了。国家民族遭遇着空前的厄运，世界人类正在互相毁灭中，眼见耳闻，无一事不是惊心动魄，无一事不足耐人深思。"殷忧"是足够了，但是否已经"启圣"了呢？只须翻开入学试验国文卷一看，便可以发现有那么多的青年的作品，木然无感，茫然无思，空洞糊涂，不知所谓，这真是一个反常的现象。古人说，"哀莫大于心死"，我们承认青年的心都是活着的，其所以有此现象，完全为了教育不够培植他们的性情，启发他们的智力，以致才出土的幼芽，便日就枯萎，这是有教育责任者所应反省自责的。

我们要承认：一个人除非全魂气断，他决不能无感，除非白痴痼疾，他决不能无思。小孩在婴儿时期便会饥啼饱嬉，这便是感；稍长，对于宇宙万类好发疑问，这便是思。年齿日增，便会从切身的感扩充到泛然的感，从具体的思到抽象的思。大诗人，大哲人，也无非由此作出发点。年龄有长幼，经验有浅深，然其能感能思是一样的。如果年龄愈长，愈变成木然无感，或茫然无思，那轻者也是失心，重者即成狂易，是不能不深长思的。

何以有此木然无感或茫然无思的现象呢？第一，是由于愚蔽。《论语·阳货》篇，孔子对子路所说的"六言六蔽"，仅指不好学之失；到了《荀子·解蔽》篇，历数欲、恶、始、终、远、近、博、浅、古、今之蔽，而总结之曰："凡万物异则莫不相为蔽，此心术之公患也。"对于愚蔽之病可谓剖析入微了。大抵愚蔽之患，起初或因知识短浅，见闻隘陋；或因先入为主，固执成见，因而对于相异之境，或相违之说，惮于理会。再加上怕过妒能的心理，如荀子所说："私其所积唯恐闻其恶也，倚其所私以观异术，唯恐闻其美也。"便对于异己之境，更不屑于究心。久而久之，于此相违相异之对象，亦遂淡忘。宇宙之大，只有那一点便于己者常在目前。如荀子所说："心不使焉，则白黑在前而目不见，雷鼓在侧而耳不闻，况于使者乎？"如《礼记·大学》篇所说："心不在焉，视而不见，听而不闻，食而不知其味。"即是指此愚蔽的状态。实际上，不能周知遍感的人，对于那便于己之一点，亦未必能有所获，所感所思，不过妄心所造之幻境而已。这样的人在他自己未尝不自觉有感有思，但在旁人眼中，只觉其麻木偏枯，私小愚暗，如古人所说的"越人视秦人之肥瘠，漠然无所动于中"；如说有白昼攫金于市者，问之，曰："只见金不见人。"便都是这一类。这样的人，"当境了知"和"泛应曲当"的良能，早不可见了。

本此道理来检讨我们的国文教学，如果教师选材溺于一偏之说，使学生没有比长系短的机会；或命题多强制性，使学生只许复述旁人的话，这便是愚蔽教育。学生的良知良能，日就渐灭于无形，如何还有能感能思的力量？在教师未尝不自矜曰："我善治马"，而不知"马之死者，已过半矣！"

无感无思之患的第二个原因是由于戕贼，这在《孟子·告子》篇"牛山之木尝美矣"一章说的最透澈。大抵嗜欲深者，天机必浅，《礼记·乐记》所谓"夫物之感人无穷，而人之好恶无节，则是物至而人化物也。"最能说明外重内轻的情状。凡背性从习，或委心逐物，最初未尝不受良知的责备；倘不能如陶渊明的"贫富常交战，道胜无戚颜"，久之必不自胜。通常所谓习非成是，在日趋偏蔽者不能自知也。孟子有云："向为身死而不受，今为宫室之美为之；向为身死而不受，今为妻妾之奉为之；向为身死而不受，今为所识穷乏者得我而为之。是亦不可以已乎？此之谓失其本心。"人到了失其本心，则亦块然一物已耳，尚有何能感能思之可言！如俗说走肉行尸，酒囊饭袋，即言其已经化物。人而化物，虽云未死，同物化也就差不多了。

本此道理来检讨我们的国文教学，如果教师选材溺于功利之说，使学生总是从利害上计较打量：或命题多引起学生的得失之念，使青年养成贪竞之习，这便是物化教育。在这样教育之下的学生，真所谓"民不见德，唯乱是闻"，其溺于小利，蔽于近习，志趋日卑，品格日下，是必然的结果。除身家性命外，尚何所感？除患得患失外，尚何所思？

清儒对于治学有两句常说的话，是"不以人蔽己，不以己自蔽"，青年的心理大都单纯，以己自蔽的毛病较少，以人蔽己的机会较多。上文所说的国文成绩空洞糊涂，未必全是学生之过，教师的诱导，家庭的习染，社会的熏陶，有形无形中都在助长愚蔽，从事戕贼，使青年尚未发蒙，即遭桎梏。天下惨痛之事，无有过于此者！国文之低劣，不过其着见之一端而已。

但青年却不能以此自恕，把一切过错推给家庭、社会和教师。因为良知、良能，吾生本具，二十岁左右的人，还不知道努力"去夫外诱之私，充其本然之善"，其人之多欲无刚，已

中国文学史导论

可概见。个人是不能不痛自克责的。

在这里我愿与所有学国文的同学，共同忏悔反省，改过自新，商量一个办法，使我们的生命活泼新鲜，刚健有力，无思不睿，无感不通。庶几乎空洞者化为充实，糊涂者变成明白。敬贡愚见，就正高明：

愚蔽之病的对治，《荀子·解蔽》篇说的最好，其言曰："故治之要在于知道。人何以知道？曰：心。心何以知？曰：虚壹而静。"这"虚壹而静"便是先哲对治愚蔽的共同下手处。荀子自己解释说："不以己所臧（藏）害所将受谓之虚。不以夫一害此一谓之壹。不以梦剧乱知谓之静。"又说："虚壹而静谓之大清明。万物莫形而不见，莫见而不论，莫论而失位。"这便是宋儒所谓"廓然而大公，物来而顺应"。盖公则生明，明则能照，其在孔子，则曰："毋意，毋必，毋固，毋我。"又说："我有知乎哉？无知也。有鄙夫问于我，空空如也，我叩其两端而竭焉。"其在《易传》，则咸之象曰："山上有泽，咸。君子以虚受人。"《系辞》也说："《易》无思也，无为也，寂然不动，感而遂通天下之故，非天下之至神其孰能兴于此！"《老子》更是"致虚极，守静笃，万物并作，吾以观其复"的。《大学》也说"知止而后有定，定而后能静，静而后能安，安而后能虑，虑而后能得"。所谓空虚，所谓寂静，都是浑然天理的气象。以此感物，则无感不通，于以成同体之仁；以此致思，则无虚不得，于以成遍照之智。其心既虚明光大，其言自有物有则了。

用浅喻来说明此理，则虚静能感之心，恰如一面明镜，物来必照，影遇不留，故能日用不穷，千古常新，所谓"明镜不疲于屡照"。如此心不虚，"以己所藏，害所将受"，则恰如照像的胶片，一照之后，即永留不退，屡照不已，势非全面模糊不可。这样，即万理森著于目前，也不能感他毫末，更无论所感之真伪浅深了。复次，以此虚静之心了知万物，则必能发见宇宙人生俱在一大矛盾中，于此矛盾有所未安，即必旧疑求解。及旧疑既解，即新疑又生，解亦无穷，疑亦无穷，然执简御繁的明觉，即此亦日益溶发。《洪范》所谓"思曰睿，睿作圣"，即是思的完成；而程伊川先生所谓"学者须先会疑"，亦即思的下手处。如不能虚心会理，执成见以蔽通途，事穿凿以违大道，非面墙而立，即逐妄失心，势非捷径窘步不可，更说不到事理圆融了。

学者如能照上文所说，自解其蔽，自致通途，纵不能即跻通人，至少亦可免为一曲之士。其发为文辞，则写感必能亲切动人，抒思必能独申己见。因为他的生命已是活泼新鲜，刚健

　　　　　　　　　中国文学史导论

有力，英华发外者，自会远于鄙倍了。

　　戕贼之病的对治，孟子"养心莫善于寡欲"一章说得最好。孔子也说："吾未见刚者"。或对曰："申枨。"子曰："枨也欲，焉得刚！"又说，"刚毅木讷近仁。"孔子如此的重视刚德，即因为刚是不为物役的气象。孟子"鱼我所欲也"章，"仁，人心也；义，人路也"章，"今有无名之指曲而不信"章，"拱把之桐梓"章，"饥者甘食，渴者甘饮"章，"齐人有一妻一妾而处室者"章，皆反复申明寡欲养心之旨，其言至为痛切。而孟子的气象，光明俊伟，洒落坚刚，其得力处在养气章中说得最为明白。凡利令智昏者，孟子叫他做"失其本心"，故屡说"大人者，不失其赤子之心"，又教人在"今人乍见孺子将入于井，皆有怵惕恻隐之心"处体察四端之发见。又说："学问之道无他，求其放心而已矣。"盖能集义，则其心日益公明，公明则流行不滞，光景常新，随其所感，皆如乍见。此心常为主宰，义尚不能袭取，而况于物，安能为累？由此充实光辉，以至于其气浩然，则至大至刚，感而遂通天下之故。以此至大至刚，俯察群伦，则"知言"自是分内之事，也就是荀子所谓"万物莫形而不见，莫见而不论，莫论而失位"，正是良知遍照的境界。要知必须先有孔子"饭蔬食，饮水，曲肱而枕之，乐亦在其中矣；不义而富且贵，于我如浮云"的洒脱，才能有"不曰坚乎？磨而不磷；不曰白乎？涅而不缁"的纯粹，必须先有孟子"生我所欲也，义亦我所欲也，二者不可得兼，舍生而取义者也"的坚决，才能有"富贵不能淫，贫贱不能移，威武不能屈"的俊伟。究其原皆以寡欲为入手工夫。学者苟能照孟子所说"无为其所不为，无欲其所不欲"，则日即高明，感速思通，自然而至，更不患心为物役，沉滞昏蒙了。

解蔽近于省察，养气近于存养，看似两端实在是一件事：看似离学文较远，其实这才是学国文的根本功夫。古文家中，只有韩退之深明此意而实有诸己，虽所造未纯，而大体不差。盖修辞必以立诚为主，上述两点，正是立诚之事。诚则能动，是感之体；诚则能明，是思之体。诚立则无事不办矣。

照此工夫去培养我们的文心，则国文的教学法势须有一番改造。我觉得学生不能在两小时内作文一篇，不是什么严重的事；而言不由衷，敷衍陈说，才是大不得了。国文教师似应采取图画一课的教法，教学生多写生，多作小幅素描，如杂感短札之类，无所为而为，才是发露中诚的好机会。老子说："信言不美，美言不信。"教初学应令其多作信言，少作美言。待其真积力久，弘中发外，则斐然成章，并非难事。否则不免于自欺欺人，如涂涂附，描头画角，优孟衣冠，那国文的前途，真不堪设想了。

附记：此文为讲后追记，与当时所说不无出入；又因急待发稿，匆促不暇修辞，阅者取其大端为幸。

战后的国语与国文 [①]

战后的中国，对于语文教育必须有一个通盘的计划。

在这一次大战以前，中国似乎还可以躲在一个半封关的状态当中，苟且因循，分歧散漫。但今后的中国，必须以一个统一的面目，呈现于列国之前，则语文教育的通盘计划，实在是刻不容缓的事。

我们学外国文，只要不是专门研究古典文学，则学了语言，也就是学了文字；学了文字，也就是学了语言。但一个外国人想学中国语文就困难了，学会了甲地的方言，到了乙地就不能应用，甚至于学会了国语，到了福建广东仍旧是张口结舌。说到读物，看懂了白话还是看不懂文言，看懂了文言依旧看不懂骈体。很简单的一张报纸，就有骈文的褒扬令，古文的

_____

① 本文是罗庸1945年9月13日在云南省文化运动委员会的讲演稿，发表在《国文月刊》第四十期（1946年1月版）。

社论，语体文的记者通讯，欧化文的副刊文学。这对于一个学习中国语文的外国人，简直是一种苛虐。在这交通工具日益进步，世界距离日趋缩短的时代中，这一种分歧错杂的现象，非但妨碍了民族间情谊的沟通，也阻止了本国文化向世界的传布。所以国语教育应该是国民教育中最重要的一门。脱离了祖国版图五十年的台澎，和还未能应用国语的西南边疆各民族不用说了，就是海南岛首府琼州，就还有许多"广州话传习所"，这些学会了广州话的琼州人，再到广州进"国语传习所"，才能和内地的人自由交谈。这种"重译来朝"的古风，绝不容再见于今日，如何普及国语①，如何促进国语的文学，实在是负有语文教育的责任者一件很重大的使命。何况海外的华侨，因为国语教育的不够，大多数已经不会使用本国语言，这是如何危险而迫切的事！

为了中国字的不容易学习，也曾有许多人主张改革汉字，改用罗马字拼音；为了言文的不一致，也曾有许多人主张废止文言，连公文也改用白话。然而三十年来，空有理论，汉字终不能废，文言文也仍旧在任何一方面大量地应用着，这在事实上有它的内在的原因，决不是完全为了历史的惰性。要明

―――――――――――

　　① 原刊脱"语"字。

白这里面的原故，则必须追问我们的所谓文言到底是一件什么东西。

大凡写在纸上成篇的文字，无论如何变化，其基础必定是一时代的语言，只有中国的骈文是例外，它是一种诗赋化的散文，是一种远离口语的艺术品。至于普通所谓文言，大体上是晚周秦汉间的散文形式，距离口语不太相远的，这一种散文形式的开始，当溯源于周代的"雅言"。

汉朝人喜欢说战国之末，诸侯力征，不统于王，言语异声，文字异形，其实这话完全不合事实，一种已经"同声"的"语言"，是很难用人工使它再"异"的。以现代方言差别之大，测度战国以前的语言，其异声必定更甚于战国末年。但现存的古书，除了《尚书》和《诗经》的《周颂》《大雅》而外，大致相差不远，我们推想西周时代，必会经努力做过一番国语统一运动，主持这个运动的，是太师、国史和列国聘问的行人之官。

西周的封建，以一个诸侯共主要统辖一个异言异俗的广大地区，其势非有一种共同的语言不可。照章太炎先生的意见，这共同的语言便是《论语》上"子所雅言，诗书执礼，皆雅言也"的"雅言"。《周礼》"太师教国子以'六诗'，同时也教以'六言'"。孔子也说："不学诗，无以言。"诗与言的关系，决不仅止于修辞的技巧，必兼备有练习语言的功用在内。所以，"通训诂之指归，辨同实而殊号"的书，便称为《尔（迩）雅》，而记载"輶轩绝代语"的书，便称为《别国方言》了。

最显著的是《诗经》的二南和十三[①]国风，不但文法相同，连用韵也没有差异。《左传》里面记载的行人辞令，齐秦吴楚，大体从同，找不出他们的一点方言的痕迹，这无疑都是说着周人的国语的。这一种国语的形式，由于史载的传布，便成为"三代两汉之书"的普通面貌，即韩愈之所谓"古文"。

语言不停地随时代而变迁，而"古文"的形式已经固定，于是作古文便成为文人的专业，造成言文分离的现象。这现象表面看似不好，其实在中国这样的广大版图中，是有它的作用的，那就是：可以超过改造方言的困难，使文字先得到统一。我常说：《中庸》里说的："今天下，车同轨，书同文，行同伦。"这话虽像秦并六国以后的人的口气，但恰恰说着了中国民族统一的条件。车同轨是说物质生活的统一，行同伦是说社会组织的统一，而书同文便是"写出来"的语言

---

① 原刊误作"十一"。《诗经》有十五国风，除去二南（周南、召南），则余下十三国风。

的统一。有了这些统一的工具，才能使得黄河长江珠江三大流域里异言异俗的民族，融合为一，不致如欧洲列邦之分裂。我们不反对废止文言和"不象形的方块字"（钱玄同先生给汉字取的名称），但假如用音标来拼国语，就会有许多地区的人读不懂，如用音标来拼各地的方言，则其差别之大将远过于英法德文间的差别。因此，在新的国语统一运动没有全部完成以前，方块字和文言文仍旧有着它的"约定俗成"的功用的，一个不会说国语的福建人和一个不会说国语的苏浙人，见了面可以如聋如哑，但他们尽可以用方块字和文言文作笔谈。我在民国十七年初到广州，满以为广州是革命策源地，中山大学的学生必定都是喜欢读新文艺的。孰知大体不然，大多数还是在读《古文观止》一类的书。问起来才知道他们如想读新文艺书，必先经过一道学国语的手续，反不如读文言来得简捷；倘要他们必须读语体文的话，则他们宁可读"粤讴"。我因此深深地感觉到国语统一运动一天没有全部完成，文言文仍旧是有它存在的理由的，至于方块字的改造，那恐怕是更远的事了。

所以，最近一二百年间的中国文体，将是国语文和浅近文言文并行的局面，因为这正是周朝的国语文和现代的国语文办交代的时期。等到新的国语运动完成，文言文将退居于周诰殷盘的地位，再一次的语言统一运动，将会是全世界各民族语言的沟通，这是我们这一辈人所不及见的了。

照我的意见，战后的语文教育必须根据这一个观点而设施，其力量才不空费；至于文学内容和文体的问题，也可以在此附带谈一谈。

帝国主义者灭亡一个民族，必须根绝它的民族意识，初步的工作，便是消灭它的历史和文字语言。沦陷五十年的台澎，沦陷十四年的东北，甚至于沦陷七八年的本部各省，都已实际受了这一种文化的侵害。此后在语文教学的内容上，如何使青年认识本国文化的优点，而使其发生爱族爱种之心，不再给外人当奴隶，应该是首先要注意的一件事。关于国文与国史交互相资这一点，我在二十七年云南中等学校教员暑期讲习会曾经有一篇讲稿，题为《国文教学与人格陶冶》，说得很多，此处不再烦说了。

自从新文学运动开始以来，中国文体之离奇复杂，可谓从来所未有。官府文书所应用的，学校课本所讲授的，文艺作家所提倡的，彼此各不相谋。人才既不能不出于学校，而学校的语文教育又是那样不切实际，于是乎官府的文告，时而文言，时而白话；致祭先烈的祭文，时而馆阁骈体，时而唐宋八家。报纸上的新闻记事，用字甚至于匪夷所思，称政治领袖为"首要"，管办理交代叫"交接"，使得稍读旧书的人，有啼笑皆非之感。假如文告和新闻在社会教育上有其直接的效力的话，则这一方面决不可以置之不问。因为这一类的文字，是直接代表一个民族之面容的。

今晚所说，都是就着眼前急切浅显的问题，提供一点个人的管见；至于文学专门的研究，文艺创作的途径，那是专家事业，不是本题所能涉及的。

国家新闻出版广电总局
首届向全国推荐中华优秀传统文化普及图书

‖ 大家小书书目

国学救亡讲演录	章太炎	著	蒙 木	编	
门外文谈	鲁 迅	著			
经典常谈	朱自清	著			
语言与文化	罗常培	著			
习坎庸言校正	罗 庸	著	杜志勇	校注	
鸭池十讲（增订本）	罗 庸	著	杜志勇	编订	
古代汉语常识	王 力	著			
国学概论新编	谭正璧	编著			
文言尺牍入门	谭正璧	著			
日用交谊尺牍	谭正璧	著			
敦煌学概论	姜亮夫	著			
训诂简论	陆宗达	著			
金石丛话	施蛰存	著			
常识	周有光	著	叶 芳	编	
文言津逮	张中行	著			
经学常谈	屈守元	著			
国学讲演录	程应镠	著			
英语学习	李赋宁	著			
中国字典史略	刘叶秋	著			
语文修养	刘叶秋	著			
笔祸史谈丛	黄 裳	著			
古典目录学浅说	来新夏	著			
闲谈写对联	白化文	著			
汉字知识	郭锡良	著			
怎样使用标点符号（增订本）	苏培成	著			
汉字构型学讲座	王 宁	著			

诗境浅说	俞陛云	著			
唐五代词境浅说	俞陛云	著			
北宋词境浅说	俞陛云	著			
南宋词境浅说	俞陛云	著			
人间词话新注	王国维	著	滕咸惠	校注	
苏辛词说	顾随	著	陈均	校	
诗论	朱光潜	著			
唐五代两宋词史稿	郑振铎	著			
唐诗杂论	闻一多	著			
诗词格律概要	王力	著			
唐宋词欣赏	夏承焘	著			
槐屋古诗说	俞平伯	著			
词学十讲	龙榆生	著			
词曲概论	龙榆生	著			
唐宋词格律	龙榆生	著			
楚辞讲录	姜亮夫	著			
读词偶记	詹安泰	著			
中国古典诗歌讲稿	浦江清	著			
	浦汉明	彭书麟	整理		
唐人绝句启蒙	李霁野	著			
唐宋词启蒙	李霁野	著			
唐诗研究	胡云翼	著			
风诗心赏	萧涤非	著	萧光乾	萧海川	编
人民诗人杜甫	萧涤非	著	萧光乾	萧海川	编
唐宋词概说	吴世昌	著			
宋词赏析	沈祖棻	著			
唐人七绝诗浅释	沈祖棻	著			
道教徒的诗人李白及其痛苦	李长之	著			
英美现代诗谈	王佐良	著	董伯韬	编	
闲坐说诗经	金性尧	著			
陶渊明批评	萧望卿	著			

古典诗文述略 吴小如 著

诗的魅力
——郑敏谈外国诗歌 郑 敏 著

新诗与传统 郑 敏 著

一诗一世界 邵燕祥 著

舒芜说诗 舒 芜 著

名篇词例选说 叶嘉莹 著

汉魏六朝诗简说 王运熙 著 董伯韬 编

唐诗纵横谈 周勋初 著

楚辞讲座 汤炳正 著
汤序波 汤文瑞 整理

好诗不厌百回读 袁行霈 著

山水有清音
——古代山水田园诗鉴要 葛晓音 著

红楼梦考证 胡 适 著

《水浒传》考证 胡 适 著

《水浒传》与中国社会 萨孟武 著

《西游记》与中国古代政治 萨孟武 著

《红楼梦》与中国旧家庭 萨孟武 著

《金瓶梅》人物 孟 超 著 张光宇 绘

水泊梁山英雄谱 孟 超 著 张光宇 绘

水浒五论 聂绀弩 著

《三国演义》试论 董每戡 著

《红楼梦》的艺术生命 吴组缃 著 刘勇强 编

《红楼梦》探源 吴世昌 著

《西游记》漫话 林 庚 著

史诗《红楼梦》 何其芳 著
王叔晖 图 蒙 木 编

细说红楼 周绍良 著

红楼小讲 周汝昌 著 周伦玲 整理

曹雪芹的故事　　　　　　　　　　周汝昌　著　周伦玲　整理
古典小说漫稿　　　　　　　　　　吴小如　著
三生石上旧精魂
　　——中国古代小说与宗教　　　白化文　著
《金瓶梅》十二讲　　　　　　　　宁宗一　著
中国古典小说十五讲　　　　　　　宁宗一　著
古体小说论要　　　　　　　　　　程毅中　著
近体小说论要　　　　　　　　　　程毅中　著
《聊斋志异》面面观　　　　　　　马振方　著
《儒林外史》简说　　　　　　　　何满子　著

我的杂学　　　　　　　　　　　　周作人　著　张丽华　编
写作常谈　　　　　　　　　　　　叶圣陶　著
中国骈文概论　　　　　　　　　　瞿兑之　著
谈修养　　　　　　　　　　　　　朱光潜　著
给青年的十二封信　　　　　　　　朱光潜　著
论雅俗共赏　　　　　　　　　　　朱自清　著
文学概论讲义　　　　　　　　　　老　舍　著
中国文学史导论　　　　　　　　　罗　庸　著　杜志勇　辑校
给少男少女　　　　　　　　　　　李霁野　著
古典文学略述　　　　　　　　　　王季思　著　王兆凯　编
古典戏曲略说　　　　　　　　　　王季思　著　王兆凯　编
鲁迅批判　　　　　　　　　　　　李长之　著
唐代进士行卷与文学　　　　　　　程千帆　著
说八股　　　　　　　　　　　　　启　功　张中行　金克木　著
译余偶拾　　　　　　　　　　　　杨宪益　著
文学漫识　　　　　　　　　　　　杨宪益　著
三国谈心录　　　　　　　　　　　金性尧　著
夜阑话韩柳　　　　　　　　　　　金性尧　著
漫谈西方文学　　　　　　　　　　李赋宁　著
历代笔记概述　　　　　　　　　　刘叶秋　著

周作人概观　　　　　　　　　舒　芜　著

古代文学入门　　　　　　　　王运熙　著　董伯韬　编

有琴一张　　　　　　　　　　资中筠　著

中国文化与世界文化　　　　　乐黛云　著

新文学小讲　　　　　　　　　严家炎　著

回归，还是出发　　　　　　　高尔泰　著

文学的阅读　　　　　　　　　洪子诚　著

中国文学1949—1989　　　　　洪子诚　著

鲁迅作品细读　　　　　　　　钱理群　著

中国戏曲　　　　　　　　　　么书仪　著

元曲十题　　　　　　　　　　么书仪　著

唐宋八大家
　　——古代散文的典范　　　葛晓音　选译

辛亥革命亲历记　　　　　　　吴玉章　著

中国历史讲话　　　　　　　　熊十力　著

中国史学入门　　　　　　　　顾颉刚　著　何启君　整理

秦汉的方士与儒生　　　　　　顾颉刚　著

三国史话　　　　　　　　　　吕思勉　著

史学要论　　　　　　　　　　李大钊　著

中国近代史　　　　　　　　　蒋廷黻　著

民族与古代中国史　　　　　　傅斯年　著

五谷史话　　　　　　　　　　万国鼎　著　徐定懿　编

民族文话　　　　　　　　　　郑振铎　著

史料与史学　　　　　　　　　翦伯赞　著

秦汉史九讲　　　　　　　　　翦伯赞　著

唐代社会概略　　　　　　　　黄现璠　著

清史简述　　　　　　　　　　郑天挺　著

两汉社会生活概述　　　　　　谢国桢　著

中国文化与中国的兵　　　　　雷海宗　著

元史讲座　　　　　　　　　　韩儒林　著

魏晋南北朝史稿　　　　　贺昌群　著
汉唐精神　　　　　　　　贺昌群　著
海上丝路与文化交流　　　常任侠　著
中国史纲　　　　　　　　张荫麟　著
两宋史纲　　　　　　　　张荫麟　著
北宋政治改革家王安石　　邓广铭　著
从紫禁城到故宫
　　——营建、艺术、史事　单士元　著
春秋史　　　　　　　　　童书业　著
明史简述　　　　　　　　吴　晗　著
朱元璋传　　　　　　　　吴　晗　著
明朝开国史　　　　　　　吴　晗　著
旧史新谈　　　　　　　　吴　晗　著　习　之　编
史学遗产六讲　　　　　　白寿彝　著
先秦思想讲话　　　　　　杨向奎　著
司马迁之人格与风格　　　李长之　著
历史人物　　　　　　　　郭沫若　著
屈原研究（增订本）　　　郭沫若　著
考古寻根记　　　　　　　苏秉琦　著
舆地勾稽六十年　　　　　谭其骧　著
魏晋南北朝隋唐史　　　　唐长孺　著
秦汉史略　　　　　　　　何兹全　著
魏晋南北朝史略　　　　　何兹全　著
司马迁　　　　　　　　　季镇准　著
唐王朝的崛起与兴盛　　　汪　篯　著
南北朝史话　　　　　　　程应镠　著
二千年间　　　　　　　　胡　绳　著
论三国人物　　　　　　　方诗铭　著
辽代史话　　　　　　　　陈　述　著
考古发现与中西文化交流　宿　白　著
清史三百年　　　　　　　戴　逸　著

清史寻踪　　　　　　　　　　　戴　逸　著

走出中国近代史　　　　　　　　章开沅　著

中国古代政治文明讲略　　　　　张传玺　著

艺术、神话与祭祀　　　　　　　张光直　著

　　　　　　　　　　　　　　　刘　静　乌鲁木加甫　译

中国古代衣食住行　　　　　　　许嘉璐　著

辽夏金元小史　　　　　　　　　邱树森　著

中国古代史学十讲　　　　　　　瞿林东　著

历代官制概述　　　　　　　　　瞿宣颖　著

宾虹论画　　　　　　　　　　　黄宾虹　著

中国绘画史　　　　　　　　　　陈师曾　著

和青年朋友谈书法　　　　　　　沈尹默　著

中国画法研究　　　　　　　　　吕凤子　著

桥梁史话　　　　　　　　　　　茅以升　著

中国戏剧史讲座　　　　　　　　周贻白　著

中国戏剧简史　　　　　　　　　董每戡　著

西洋戏剧简史　　　　　　　　　董每戡　著

俞平伯说昆曲　　　　　　　　　俞平伯　著　陈　均　编

新建筑与流派　　　　　　　　　童　寯　著

论园　　　　　　　　　　　　　童　寯　著

拙匠随笔　　　　　　　　　　　梁思成　著　林　洙　编

中国建筑艺术　　　　　　　　　梁思成　著　林　洙　编

沈从文讲文物　　　　　　　　　沈从文　著　王　风　编

中国画的艺术　　　　　　　　　徐悲鸿　著　马小起　编

中国绘画史纲　　　　　　　　　傅抱石　著

龙坡谈艺　　　　　　　　　　　台静农　著

中国舞蹈史话　　　　　　　　　常任侠　著

中国美术史谈　　　　　　　　　常任侠　著

说书与戏曲　　　　　　　　　　金受申　著

世界美术名作二十讲　　　　　　傅　雷　著

中国画论体系及其批评	李长之 著
金石书画漫谈	启 功 著 赵仁珪 编
吞山怀谷	
——中国山水园林艺术	汪菊渊 著
故宫探微	朱家溍 著
中国古代音乐与舞蹈	阴法鲁 著 刘玉才 编
梓翁说园	陈从周 著
旧戏新谈	黄 裳 著
民间年画十讲	王树村 著 姜彦文 编
民间美术与民俗	王树村 著 姜彦文 编
长城史话	罗哲文 著
天工人巧	
——中国古园林六讲	罗哲文 著
现代建筑奠基人	罗小未 著
世界桥梁趣谈	唐寰澄 著
如何欣赏一座桥	唐寰澄 著
桥梁的故事	唐寰澄 著
园林的意境	周维权 著
万方安和	
——皇家园林的故事	周维权 著
乡土漫谈	陈志华 著
现代建筑的故事	吴焕加 著
中国古代建筑概说	傅熹年 著
简易哲学纲要	蔡元培 著
大学教育	蔡元培 著
	北大元培学院 编
老子、孔子、墨子及其学派	梁启超 著
春秋战国思想史话	嵇文甫 著
晚明思想史论	嵇文甫 著
新人生论	冯友兰 著

中国哲学与未来世界哲学	冯友兰	著	
谈美	朱光潜	著	
谈美书简	朱光潜	著	
中国古代心理学思想	潘菽	著	
新人生观	罗家伦	著	
佛教基本知识	周叔迦	著	
儒学述要	罗庸 著	杜志勇 辑校	
老子其人其书及其学派	詹剑峰	著	
周易简要	李镜池 著	李铭建 编	
希腊漫话	罗念生	著	
佛教常识答问	赵朴初	著	
维也纳学派哲学	洪谦	著	
大一统与儒家思想	杨向奎	著	
孔子的故事	李长之	著	
西洋哲学史	李长之	著	
哲学讲话	艾思奇	著	
中国文化六讲	何兹全	著	
墨子与墨家	任继愈	著	
中华慧命续千年	萧萐父	著	
儒学十讲	汤一介	著	
汉化佛教与佛寺	白化文	著	
传统文化六讲	金开诚 著	金舒年 徐令缘 编	
美是自由的象征	高尔泰	著	
艺术的觉醒	高尔泰	著	
中华文化片论	冯天瑜	著	
儒者的智慧	郭齐勇	著	
中国政治思想史	吕思勉	著	
市政制度	张慰慈	著	
政治学大纲	张慰慈	著	
民俗与迷信	江绍原 著	陈泳超 整理	

政治的学问　　　　　　　　　　钱端升　著　钱元强　编

从古典经济学派到马克思　　　　陈岱孙　著

乡土中国　　　　　　　　　　　费孝通　著

社会调查自白　　　　　　　　　费孝通　著

怎样做好律师　　　　　　　　　张思之　著　孙国栋　编

中西之交　　　　　　　　　　　陈乐民　著

律师与法治　　　　　　　　　　江　平　著　孙国栋　编

中华法文化史镜鉴　　　　　　　张晋藩　著

新闻艺术（增订本）　　　　　　徐铸成　著

经济学常识　　　　　　　　　　吴敬琏　著　马国川　编

中国化学史稿　　　　　　　　　张子高　编著

中国机械工程发明史　　　　　　刘仙洲　著

天道与人文　　　　　　　　　　竺可桢　著　施爱东　编

中国医学史略　　　　　　　　　范行准　著

优选法与统筹法平话　　　　　　华罗庚　著

数学知识竞赛五讲　　　　　　　华罗庚　著

中国历史上的科学发明（插图本）钱伟长　著

出版说明

　　"大家小书"多是一代大家的经典著作，在还属于手抄的著述年代里，每个字都是经过作者精琢细磨之后所拣选的。为尊重作者写作习惯和遣词风格、尊重语言文字自身发展流变的规律，为读者提供一个可靠的版本，"大家小书"对于已经经典化的作品不进行现代汉语的规范化处理。

　　提请读者特别注意。

北京出版社